作家榜®经典名著

读经典名著，认准作家榜

百万英镑

《马克·吐温中短篇小说选》

[美] 马克·吐温 著
何雨珈 译

本书正文部分选译自美国哈珀兄弟出版社（Harper and Brothers）1922年版《马克·吐温全集》（The Complete Works of Mark Twain）

《百万英镑》

《卡拉维拉斯县的著名跳蛙》

《中世纪传奇一则》

《列车食人事件》

《卡皮托山的维纳斯传奇》

《麦克威廉斯夫人与闪电》

《近期法式大决斗》

《一次奇遇》

《临终剖白》

《加州传说》

导读 最幽默、最深刻与最耀眼	01

卡拉维拉斯县的著名跳蛙	001
奥里莉亚的倒霉小伙儿	011
列车食人事件	016
中世纪传奇一则	030
卡皮托山的维纳斯传奇	042
鬼故事一则	052
我的表	063
麦克威廉斯夫妇应对白喉	069
麦克威廉斯夫人与闪电	080

092	一个有寓意的怪梦
107	布洛克先生的报道
112	采访遭遇记
120	好男孩的故事
127	坏男孩的故事
133	百万英镑
167	近期法式大决斗
183	一次奇遇
227	爱德华·米尔斯和乔治·本顿的故事
237	临终剖白
258	加州传说
271	一条狗的故事
288	马克·吐温大事年表

导读
最幽默、最深刻与最耀眼

"脱口秀"的鼻祖

先讲一个故事。

一八九四年前后,有位著名美国作家数次投资失败,自己开的出版公司又遇到经济危机,数年笔耕积累的稿费与版权费赔了个底朝天,还背上了巨额债务。面对一百多个债主,作家得找个比出书来钱更快的办法。他幽默、机智、口才好,之前就曾上台做过演讲,次次博得满堂笑声与喝彩。

欠债的人没的选。之前为了消遣,现在为了生活。作家携妻带女,开始了全球巡回演讲。先是横穿美国大陆,再北上加拿大,再到半球之外的澳大利亚、新西兰、南非,以及印度等国家;说一场,赚一场,钱寄回给身在美国的经纪人，让他替自己还钱。

几乎每一场演讲，他都独自一人站在台上，面对黑压压一片的观众，手舞足蹈，嬉笑怒骂，把自己与别人的人生遭遇，用风趣幽默的故事讲述出来，讽刺世事，也不乏自嘲。他从纸上的文字当中站立起来，把那个藏在故事背后的作家，变成了台前的表演者。

债欠得多，如此用说话还债的生活也持续了数年。等到终于偿清，这种表演形式也开始有了一批追随仿效的人。因为是一个人站在台上进行的喜剧表演，所以慢慢演变为"站立喜剧"（stand-up comedy），也叫"单口喜剧"，即今天中文里常提到的"脱口秀"。这位作家被无数单口喜剧演员奉为鼻祖，美国也有了专门以他名字命名的行业重磅奖项："马克·吐温美国幽默奖"。该奖从上世纪九十年代末一直颁发至今，被很多靠口才吃饭的巨星视为行业最高荣誉。

鼻祖就是鼻祖。马克·吐温六十多年的写作生涯中，留下的每一部中短篇，都堪称优秀的单口喜剧文本[1]。很多故事里的人（或物）都不完美，或者比较倒霉，比如他的成名

---

[1] 马克·吐温长篇作品的地位自不必说。威廉·福克纳将他誉为"美国文学之父"。海明威也曾诚心诚意地说："一切的美国现代文学都源于马克·吐温的著作《哈克贝利·费恩历险记》。"他长篇作品的风格与短篇作品的风格一脉相承，但要讨论那些作品，又是说来话长了。

作《卡拉维拉斯县的著名跳蛙》中嗜赌成瘾的斯迈利；比如找了个厄运缠身的男人当未婚夫的奥里莉亚；再比如风雪之夜列车上一群商量着先吃哪位乘客的绅士；从笔仗上升到暴力冲突的田纳西新闻界从业者……贩夫走卒、高门显贵、牲畜昆虫……只要出现在马克·吐温的故事中，就可能成为被讽刺和玩笑的主角，成为一个"段子"。

所以我觉得，看马克·吐温的中短篇，可以先笑了再说，这大概是对一个"段子手"的最高礼遇。他的这些故事，给人最直观的感受，就是"好笑"。他自己也曾写道："没有任何东西能抵抗笑声的攻势。"（出自《神秘的陌生人》）

然而，请注意！单口喜剧艺术的精神内核就是冒犯，单口喜剧鼻祖写的故事，也许会冒犯到你，如果你非要对号入座的话。"幽默的隐秘来源不是欢乐，而是悲哀：天堂里是没有幽默的。"（出自《赤道环游记》）作家此言，与今天流行的那句"喜剧的内核是悲剧"不谋而合。藏在那一个个看似荒诞不经、令人捧腹的段子背后的，其实是对现实深切的悲观。既然他说过那是无可抵挡的"笑声攻势"，那就必然具有一定的攻击性。也可以说，马克·吐温真正把幽默当作了自己的武器。

这是他从一开始就握在手中的武器。无论是在创作的哪一阶段，荒谬、滑稽和夸张的风格一以贯之。而"幽默斗士"（我私下给他的称号）马克·吐温，用这种风格来批判他看不惯的一切：腐败黑暗的政治选举（《竞选州长》）；经不起考验的畸形道德观（《败坏了哈德莱堡的人》）；金钱至上的虚荣社会（《百万英镑》）；忘恩负义的人类（《一条狗的故事》）；表面美好，实则吃人的制度（《哥德史密斯之友再度出洋》）……所有这些，因为藏在笑声之下，而更显出深刻和讽刺。

所以，马克·吐温的中短篇小说可以"读薄"。你可以单纯把它们看作供人捧腹的滑稽戏、略显夸张的浮世绘，看作一个段子手奉献给你的"人间喜剧"。

但不要忘了，这位段子手有着"美国文学之父"的美誉，也曾被美国文艺界奉为精神领袖，他注视自己的时代时，眼光中是饱含悲哀的。所以，这一个个故事也完全可以"读厚"，因为附在其中的意味，可谓深不见底。

责之切，爱之深

在中文世界里，恐怕每个接受过义务教育的人，都或多或少读过马克·吐温的作品（《百万英镑》节选入了小学语文课本），也因此知道马克·吐温（Mark Twain）这个名字的来源。原名萨缪尔·兰亨·克莱门斯的他，童年坎坷，父亲早逝，被迫四处寻找生计。二十二岁时，他做了密西西比河上的舵手。船员常常会喊"标记两英寻！"（Mark Twain，即水深两英寻的意思，两英寻约为三点七米），这是轮船安全航行的必要条件，也变成了萨缪尔后来的笔名。[1]

马克·吐温丰富的人生经历，从这个笔名中可以略窥一二，他与自己生活的时代一样经历着剧烈的变迁起伏。除了舵手，他还做过排字工、送报人、矿工、记者，甚至在内战时短暂做过没上战场的民兵。七十五年的人生当中，他也目睹了年轻的美国从分裂矛盾，逐渐走向强盛；并且亲身经历了国家的飞速发展与剧变，例如西进运动、工业革命、奴隶制终结、经济危机、帝国扩张……

对于美国的每一件事，每个历史进程，有着一双敏锐

---

[1] 关于此笔名的由来还有其他一些说法，比如萨缪尔曾经的船长用"马克·吐温"这个笔名发表过一些文章，后来萨缪尔想跟他开玩笑，也用这个名字发表了文章。结果老船长看了他的文章深感自卑，从此封笔。后来老船长辞世，萨缪尔为了纪念他，就用这个笔名继续写作生涯。还有一说，萨缪尔在西部流浪时，经常在酒馆买酒两杯，要求酒保在账单上"标记两杯（Mark Twain）"（Twain 即"二"，既可表示两英寻，又可表示两杯）。

之眼的马克·吐温似乎都有话说，而且几乎都是批评。这些无论是在他的长篇或中短篇里都有所体现。前面说过，他的故事里，没有完人，很多人都不可爱甚至邪恶，或者异想天开，或者非常倒霉。他的幽默如讽刺的利剑，直指各种事件与现象。再加上他广为流传的各类趣闻轶事，比如讽刺（用今天的话来说是"怼"）富翁、蠢货、政客等，用"毒舌"一词来形容他，应该不过分。

这么一想，作家自己怕也不是什么"好人"。好人是得温良恭俭让的，好人是应该饱含温厚的目光，彬彬有礼对待一切的。吐温在犀利文词中表现出来的个性，可能让人大笑之余，又有些害怕。试想如果他站在你的面前，你敢问他问题，敢和他说话吗？不怕被一句揶揄堵得说不出话吗？

然而，他恰恰是我最希望面见的作家之一。因为我在那些人生故事、毫不留情的犀利文词与体现他"毒舌"的趣闻当中，看到了一个亲切而有趣的人。

正如本文开篇所说，作为成功作家的马克·吐温，在投资圈里却数次摔得狗啃地，败得一塌糊涂。看作家的中短篇小说，再联想到他这段人生经历，不免让人诧异：小说中讽刺了那么多心存幻想、不切实际的投资人和关于金钱的白日梦，作者应该是个对钱看得很通透的人，怎么到了自己身上就这么想不开，这么失败呢？他曾戏言："缺钱是万恶之源。"（出自《弃儿的避难所》）但用高昂稿费为自己和家人挣下优渥生活的他，明明已经不缺钱了，为什么还非要去蹚投资的浑水呢？

仔细看看马克·吐温的投资史就会发现，现实和他的故事一样，叫人忍俊不禁。他会因为自己的作家身份，对一个自称要发明新型打字机的人倾囊相助，结果陷入一个无底洞。其他的很多投资项目，也是因为他对发明家或合伙人的轻信，落了个血本无归的下场。这样的一个人，自然无法在人人都有十二万个心眼的商界立足。但从另一个角度来看，又不失文人的可爱。轻而易举信任别人、托付钱财的人，一定是对这个世界怀着美好期待的。

更重要的是，细读本书选择的中短篇小说，你会观察到，吐温常常会在故事开头写自己的亲身经历，比如做水手时，做记者时，旅途中……接着就会出现一个人物，男女老少，绅士黑奴，任何年龄、性别、身份，都有可能，此人会告诉他一个故事，而他，只是这个故事的转述者。吐温常常会用很重的篇幅，对讲故事的人也做一番描写。对此我毫不怀疑，他的很多故事，素材正是来自于形形色色的人，是在他丰富人生经历之中的巧遇。而愿意倾听别人的故事，也让别人愿意倾诉的人，最起码，应该没什么距离感，是容易让人亲近的、温暖的人。

只有对这人世间怀着关爱的人，才能讲好人世间的故事；故事之中包含的责之切，恰恰是因为对自己脚下土地的爱之深，才会急迫地希望它变好。吐温的很多文章，都因为过于强烈的讽刺与批判，而遭到当局查禁，自己的人身安全也因此受到威胁。如果不是因为爱，以他的才华，尽可以写一些妙语连珠的轻松文章，挣点安全的稿费，何必以身犯险？这是我在吐温的"毒舌"背后，看到的隐藏人格。幽默是有力的武器，也是温柔的解药。

光芒永存的哈雷彗星

马克·吐温出生的那一年（一八三五年），哈雷彗星拖着长长的彗尾，出现在地球人的视线中，光芒照耀世界。一九〇九年，马克·吐温说："我是一八三五年和哈雷彗星一起来到这世界的。明年，彗星又要来了，我应该也会和它一起退场。要是没能和哈雷彗星一同离去，将成为我一生中最大的遗憾。毫无疑问，万能的造物主曾经说过：'看这两个莫名其妙的怪胎啊，他们一起来的，也必须一起走。'"（出自阿尔伯特·培恩《马克·吐温：一段传记》）

一语成谶（有时候，我甚至怀疑这是作家刻意为之！），一九一〇年四月的暮春时节，马克·吐温心脏病突发，恰巧去世在哈雷彗星最接近地球的第二天。他也许抓住了那美丽而修长的彗尾，与同为"怪胎"的星星一起去造物主那里报到了。这段用生命完成的轶事恰恰又暗合了他单口喜剧鼻祖的身份。单口喜剧中有个技巧叫"call back"，即前面提到的一个梗，后面又出其不意地出现，达成一种前后呼应的喜剧效果。作家这一生，可谓是单口喜剧史上最盛大的一次 call back。而他作品的深刻喜剧效果，也如彗星的光芒一般，世人有目共睹，不言自明。

地球上的人们，要每隔七十六年才能看到一次哈雷彗星，有时候难免忘记它的光芒是何其璀璨。尤其是今天中文世界的读者，大约会觉得马克·吐温笔下的西方世界，无论从地理上还是时间上，都离我们太过遥远，生怕缺乏相关的知识储备，无法全然领略"吐温式"幽默的妙处。在此我想引用作者本人在一部作品《康州美国佬在亚瑟王朝》[1]中的注释："历史常识并非重点，因而读者诸君大可不必严

---

[1]《康州美国佬在亚瑟王朝》，这部作品讲述一个十九世纪的美国人，机缘巧合来到圆桌骑士时期的亚瑟王朝，为那时候的人们介绍现代科技的故事，被很多人奉为"穿越小说"的鼻祖。马克·吐温可谓"鼻祖专业户"了。

肃对待。"这句话也许表明了吐温希望读者对待自己大部分作品的态度。

因为归根结底,无论时空如何改变,人性这个东西总不大受空间与时间的局限。很多时候,我们都能在马克·吐温小说里看到身边人、身边事,甚至我们自己的影子。所谓"日光之下并无新事",或者用作者自己的名言来说:"历史不会简单重复,但往往有着相同的韵脚。"(出自《镀金时代》)且不说马克·吐温至今被美国文学界奉为圭臬,还因此创造了很多流行文化中的品牌、商标与符号;我们作为中文读者,看他的许多小说,也定会感叹一句"勿谓言之不预也"。借古讽今的深意,会在你开卷读书与掩卷沉思的切换中,慢慢浮上心头。

当然,作为本书译者,我也在文中加入了必要的背景知识注释,希望能帮助读者进一步理解这些有趣的故事,让阅读体验更为顺畅美妙。

"美国图书馆"官方网站(www.loa.org)上有这样一段关于马克·吐温的评语:"他是一位幽默风趣的大师,是一位植根于西部血统特色,充满活力与热情的故事讲述者。他用尖锐谩骂与微妙讽刺来揭露自己的时代里那些诓骗行为,一生与不公正为敌。吐温与富兰克林、惠特曼和林肯一样,贡献了自己的力量,将美国语言塑造成一种独特的大众之语，使其传遍世界。"

  这段评语简明扼要，却略显官方。如果往生世界能够上网，马克·吐温看到，也许会嘲笑其乏味平庸。"我生而谦逊，但这种品质并未持续。"这是他的一句自我评价。那么，没有谦逊品质的他，会怎么修改这段文字呢？也许是："他，是与哈雷彗星同来同去，光芒照耀古今的幽默天才。他叫马克·吐温。"

2022 年 5 月

卡拉维拉斯县的著名跳蛙

    我有位朋友从东部写信给我,提出一个要求,我受托去拜访了和蔼又唠叨的老西蒙·惠勒,询问列奥尼达斯·W.斯迈利——这位我朋友的朋友的情况,在此我就说说结果吧。我隐约怀疑列奥尼达斯·W.斯迈利这个人是编出来的,我朋友根本不认识这么个人。他只是推测,要是我向老惠勒打听这个人,这老人也许会想起那个恶名在外的吉姆·斯迈利,然后就会一个劲儿地向我回忆关于这人冗长无聊、对我毫无用处的往事,把我烦死。如果我朋友安的是这个心,那他可如愿以偿了。

    在衰败的安吉尔矿区,有个破旧的小客栈,客栈酒吧间的火炉边，我找到了正舒舒服服打盹儿的西蒙·惠勒。我注意到他身材肥胖，是个秃头，一脸宁静安详，表情中有种迷人的温和与质朴。他从睡梦中醒来，向我问好。我说，一个朋友托我打听一位童年挚友的情况，这位挚友叫列奥尼达斯·W.斯迈利——列奥尼达斯·W.斯迈利牧师，一位年轻的福音传教士。朋友听说他曾一度在安吉尔矿区定居。我又补充说，要是惠勒先生能给我讲讲任何关于这位列奥尼达斯·W.斯迈利牧师的事情，我都会对他感激万分。

西蒙·惠勒把我逼退到一个墙角，用自己的椅子把我堵在那儿，随即坐下来讲述了接下来的故事。真是单调乏味啊。他没笑过，也没皱过眉，连声调都不曾改变，从第一句开始便一直是用同一个温柔平缓的语气，从未流露出哪怕一丝丝热情的痕迹。但在这仿佛永无止境的絮叨当中，从头到尾又流动着万分的认真与诚挚，叫我明白，他绝没有想过自己这个故事有任何荒唐或可笑之处，并且将其看作要事一件。在他眼里，故事中的两位男主角在"谋略"方面可是出类拔萃的奇才。我便随他自顾自讲下去，一次也没有打断他。

"牧师列奥尼达斯·W.——嗯——牧师列奥——这儿曾经有这么个人，叫作吉姆·斯迈利，在一八四九年的冬天——或者可能是一八五〇年的春天——不知道怎的，我也记不真切啦。不过嘛,我印象中要么是那年冬天,要么是第二年春天,因为我还记得他刚到这矿区的时候,那条大引水渠还没完工嘞。不过嘛,不说别的了,从来没见过他这么个怪人,不管遇到个什么东西,只要能找到人跟自己对赌,那可总是要打赌的。要是旁人不愿意赌一头,他就换到那头去。对方先选,他后选,怎么都愿意,只要能赌上,他就满意了。

"但就算这样,他运气也总是很好,不是一般的好,几乎总是赌赢。他总是做好准备,单等一个时机。但凡提出个什么东西,就没有这人不能打赌的,随你挑哪头去赌,就像我刚才说的那样。要是有赛马,比赛结束以后你就会看到,他要么赢了一大笔,要么输成穷光蛋。遇到狗打架,他要打个赌;遇到猫打架,他要打个赌;遇到鸡斗鸡,他要打个赌。哎呀,要是有两只鸟同时停在篱笆上,他要跟你打赌,赌哪只会先飞走。要么,野营布道会的时候,他必然会用沃克尔牧师打赌。他说这人是这一带最擅长布道的,这话完全没错,而且他也是个很好的人。

"就算只是看到一只屎壳郎在爬,他都要跟你打赌,看这虫子要爬多久才能到——不管到哪儿吧,反正就是那虫子要去的地方。要是你跟他打上了赌,他简直可以一直跟着那屎壳郎走到墨西哥去,反正就是要弄清楚这虫子要去哪儿,在路上花多长时间。

"这儿的好多小伙子都见过那个斯迈利,能跟你聊上一聊。哎呀,什么事儿对这个人都是那样——什么他都能拿来打赌——这该死的家伙。有一次,沃克尔牧师的老婆重病在床,躺了好长一段时间,感觉似乎是谁都救不了她了。但一天早上,沃克尔牧师来了,斯迈利就问他,他的老婆怎么样了。他说她病情好转了很多——感谢仁慈无边的上帝——靠着上帝的护佑,她还会更好的。斯迈利想也没想就脱口而出:'好吧,那我赌两块五,她怎么也不会好起来的。'

"这个斯迈利有匹母马——那些小伙儿们都管它叫十五分钟老马,不过只是个玩笑而已,对吧,因为它当然跑得比这个要快啦——他那时候用那匹马来赢钱,尽管它真的跑得很慢,还一直有哮喘、马瘟之类这病那病的。他们总让它抢先跑个两三百码,然后在途中超过它。但总是在快跑完的时候,它就会激动起来,不要命地撒开蹄子,跳啊,跑啊,四条腿狠劲儿地蹬,有时候腾空而起,有时候还跑到靠边的围栏旁,扬起好大的灰尘,弄出好大的动静,又咳嗽,又打喷嚏,又擤鼻涕——倒是总能先一头到达终点,刚好是你能分辨出的最小距离。

"他还有只小斗牛犬,看那狗的样子,还以为一文不值呢,整天就会到处晃悠,一脸贼相,抓住时机偷点儿什么东西。但只要在它身上赌了钱,这狗就完全变了个样子:下巴伸出来,跟汽船的前甲板一样,还龇着牙,像火炉一样凶光闪闪。可能会有狗冲上来撞它,欺负它,咬它,给它来个两三次过肩摔,安德鲁·杰克逊[1]——哦,就是那斗牛犬的名字——安德鲁·杰克逊总是装出一副心满意足的样子,像是从来没什么别的盼头。于是另一边就把赌金加倍加倍再加倍,最后投入身上所有的钱。突然之间这狗就会正中要害地咬住另一只狗的后腿,就这么咬着不放,不松口,你懂吗,不仅仅是咬住,而且是咬着不放,直到对方投降认输,就算坚持上一年也没问题。

"斯迈利拿那条小狗打赌,简直无往不胜,直到有一次遇到一条根本没有后腿的狗,那狗的后腿都被圆锯给锯掉了。等到那小东西把胃口吊足了,对方的钱都拿出来下注了,它要施展自己的绝活了,才瞬间发现自己上当受骗了,另一只狗简直就是,怎么说,请君入瓮啊。安德鲁·杰克逊就一脸惊讶,又好像有点沮丧,就再也没做过努力去赢这

---

[1] 安德鲁·杰克逊(Andrew Jackson,1767—1845):美国第七任总统,民主党人士。

一仗，结果皮就被狠狠地扯破了。它看了斯迈利一眼，好像在说自己心碎了，都怪斯迈利，给它找了条没有后腿的狗，根本咬不住——它打架的时候可不就专门找后腿去咬嘛。接着狗儿就一瘸一拐地瘫倒了，咽气了。真是条好狗儿啊，安德鲁·杰克逊，要是活下去还能给自己挣个名声，因为它可算是有点本事，有点才能的——我很清楚这个，它是没机会自己说出来。但是那样的情况下懂得那么去打架的狗，要说它没有点才能，也说不通啊。我只要想起它最后的那一架，还有最后的结果啊，就总觉得遗憾难过。

"嗯，这个斯迈利还养着几只捕鼠梗、小公鸡、公猫之类各种各样的小东西，你数也数不清。你不管拿什么东西出来给他打赌，他都能跟你凑个对儿。有一天，他捉住了一只青蛙，把它带回了家，说要好好训育一番。于是接下来三个月他就什么也没干，只是待在后院里，教那只青蛙跳高。当然，他还真教会了。他就在那青蛙后面轻轻捶一下，下一秒你就会看到那只青蛙像个甜甜圈似的在空中转啊转——翻一个筋斗，或者翻两三个筋斗；要是头起得好，还能不慌不忙地平稳着陆，跟只猫似的。

"他经常训练这青蛙跳起来去捉苍蝇，一直让它练习，所以只要看见了苍蝇，那青蛙就能马上捉住。斯迈利说，对青蛙,最重要的就是训育,训得好,它几乎什么事都能干得成——他这话我信。我是见过他把丹尼尔·韦伯斯特[1]放在这地上——哦,丹尼尔·韦伯斯特就是那青蛙的名字——然后喊着:'苍蝇,丹尼尔,苍蝇!'你还来不及眨眼呢,那青蛙就一下子跳起来,捉住那边柜台上的一只苍蝇,又跳到地上,稳得像一团泥巴,着陆以后还用后脚挠挠脑袋的一边,一副没什么大不了的样子,好像它刚才做的事情,换了任何一只青蛙都做得到。还从来没见过这么谦虚又直率的青蛙,而且还这么有天赋。

"等到要公正比试平地蹦跳的时候,它那一跳好远,你见过的任何同类都比不上它。你要知道,平地起跳可是它的拿手好戏;只要是比这个,斯迈利但凡有一个子儿,都要投注在它身上。斯迈利为自己的青蛙感到自豪,简直到了疯魔的地步,不过也很合理,那些走遍了全世界的人都说,这青蛙比他们见过的任何青蛙都更了不起。

"话说,斯迈利把这东西养在一个网格箱里,有时把它带到城里去打个赌。一天,有个家伙——新来矿区人生地不熟的——碰巧遇到斯迈利拿着那只箱子,就说:

---

[1] 丹尼尔·韦伯斯特(Daniel Webster,1782—1852):美国政治家,辉格党人。

"'你那箱子里是什么东西呀？'

"斯迈利就有点漫不经心地说：'可能是只鹦鹉，可能是只金丝雀，但都不是——只是一只青蛙罢了。'

"那人拿过箱子，仔仔细细地看了看，还翻来覆去地看，说：'嗯，好像是。那么，它有什么用处呢？'

"'这个嘛，'斯迈利轻松地说，'我个人觉得，它倒是擅长一件事——它比卡拉维拉斯县的所有青蛙都跳得远。'

"那家伙又把箱子拿过去，仔仔细细地再看了一番，又还给斯迈利，意味深长地说：'好吧，我倒是看不出这青蛙和别的青蛙比有什么好的。'

"'你可能是看不出来，'斯迈利说，'你也许懂青蛙，也许不懂；也许你有这方面的经验，也许只是个门外汉，随便吧。不管怎么说，我坚持我的看法，我赌四十美元，它比卡拉维拉斯县的所有青蛙都跳得远。'

"那人想了片刻，带着点儿为难地说：'哎呀，你看我这人生地不熟的，手上没青蛙啊；但如果我有只青蛙，一定会跟你打赌的。'

"斯迈利就说：'没问题——你要是帮我拿一会儿这箱子就没问题了，我去帮你找一只青蛙来。'于是那人就接过箱子，自己掏了四十美元，和斯迈利的赌金放在一起，坐下来等着。

"他在原地等了好一阵儿，默默地想啊想，接着就把青蛙掏出来，撬开蛙嘴，拿一把小匙，往它肚子里喂那种打鹌鹑用的小弹子，一直塞到这蛙的嗓子眼，再放到地上。斯迈利去了泥塘，在一片泥泞之中东挖西找了半天，终于抓到一只青蛙，带回去交给那个人，道：

"'好了，如果你准备好了，就把这青蛙放在丹尼尔身边，让它的前爪和丹尼尔齐平。我来发令。'接着他就说：'一，二，三——跳！'他和那人就在后面碰了各自的青蛙一下，刚抓到的那只青蛙活蹦乱跳地一下子就射出去了，但丹尼尔只是背部起伏了一下，拱起了肩膀——好像个法国人啊[1]，但没什么用——它跳不动，稳稳当当地待在那儿，像地基牢实的教堂。它根本动弹不得，跟抛锚在原地差不多。斯迈利真是大吃一惊，还觉得很烦心，当然，他完全不知道究竟怎么回事。

"那家伙赢了钱，起身离去。正要走出门的时候，他像这样，把拇指举过肩头，朝着丹尼尔猛地一举，又意味深长地说：'嗯，我倒是看不出这青蛙和别的青蛙比有什么好的。'

---

[1] 英语国家的人认为法国人普遍喜欢动作夸张的耸肩，称其为"高卢式耸肩"（gallic shrug）。

"斯迈利就站在那儿，一直挠头，低头盯着丹尼尔看了很久，终于他开了口：'我真不明白，这青蛙究竟为什么会出问题——不知道它究竟有什么毛病——怎么回事，它看起来胀得厉害。'他就抓住丹尼尔的脖子把它拎起来，感受了一下重量，说：'哎呀，我敢肯定，他至少有五磅重！'他把青蛙倒吊拎着，结果它喷出了至少两大把弹子。这下斯迈利可知道是怎么回事了，简直气疯了，立刻放下青蛙去追那家伙，但没逮住。于是——"

（正说着，西蒙·惠勒听到前院有人在喊自己的名字，就起身去看怎么回事。）他边往外走边转身跟我说："那个谁，你就在原地坐好，放轻松——我去不了多会儿的。"

不过，请原谅，我看这个积极进取的无业游民吉姆·斯迈利的故事继续说下去，也未必能让我得到多少有关列奥尼达斯·W.斯迈利牧师的消息，所以起身离去。

走到门口，迎头撞上刚回来的惠勒，健谈友善的他硬要强留下我继续听故事：

"哎呀，这个斯迈利呀，还有一头独眼黄牛，几乎没有尾巴，只有一小截，像香蕉一样，还有——"

不过，我是没有时间，也不想再听下去了，所以没有乖乖待着听那倒霉的牛究竟怎么了，便扬长而去。

奥里莉亚的倒霉小伙儿

以下故事中的桩桩件件，来自一位年轻女士写给我的书信，她住在美丽的圣何塞城，与我素昧平生，只在落款处签名"奥里莉亚·玛丽亚"，很可能是个假名。但此事无妨，反正这可怜的姑娘经受了诸多不幸，几近心碎，又有自己也弄不清状况的朋友，以及怀揣着阴险打算的敌人，给出相互矛盾的建议，将其引入歧途，叫她不知如何才能摆脱困境之乱网，如今似乎深陷其中，毫无希望。窘境之中，她向我寻求帮助，恳求我引导方向，指点迷津，言辞之恳切动人，就算石心雕像也会为之所动。列位请听她的伤心故事：

她自言十六岁碧玉年华时遇到一年轻小伙，来自新泽西州，名唤威廉森·布雷肯里奇·卡拉瑟斯，年纪比她长六岁上下。天性多情的姑娘，满怀激情与其坠入爱河。亲朋好友乐得成人之美。两人订了婚，生活一度美好无忧，看上去似乎永远不会遭遇人生无常，注定一生平顺。然而旦夕之间，祸福相倚，年轻的卡拉瑟斯感染了最严重的天花，虽最终得以恢复，脸上却坑坑洼洼，如华夫饼模具，往昔的清俊帅气再也难觅。最初，奥里莉亚想过悔婚，然而又对情人的不幸心怀同情，便只是将大婚日推迟了一季，这又让他经受了一次磨炼。

恰在婚礼前一日，布雷肯里奇走在路上，看飞翔的热气球入了神，跌入一口井，一条腿不幸骨折，要从膝盖以上部分截肢。奥里莉亚再次动了悔婚的心思，但爱又一次占了上风，她又将婚期延迟，给他重新再来的机会。

厄运的魔爪再次攫住了这不如意的年轻人。七月四日国庆日那天，一枚礼炮提前发射，令他痛失一条手臂；不到三个月，一台梳棉机又夺走了他的另一条。后来这些接二连三的无妄之灾，几乎碾碎了奥里莉亚的心。目睹心爱之人以如此的方式零零碎碎地离自己而去，她心如刀绞，觉得这样接连遭灾，他迟早会撑不住，却也不知如何才能阻止这恐怖的命运。她痛苦绝望，以泪洗面，像那些持仓又损失的股票经纪人一样,几乎后悔没有早下决心,赶在他还未经历如此令人惊骇的一系列折价之前,便狠心弃之。然而,勇敢的心灵仍然让她振作起来,决心再对这位友人过于莫名的遭遇忍耐些许时日。

大婚之日再度临近,失望与不幸再次阴云笼罩。卡拉瑟斯遭了丹毒,一只眼睛完全失明。新娘的亲朋好友认为她的忍耐已经超越了极限,可谓仁至义尽,便站出来坚称此婚可悔。然而,以慷慨宽容著称的奥里莉亚在短暂犹豫摇摆之后,说她已经过冷静考虑,认为布雷肯里奇本人并无任何错处。

于是她再次将婚礼延期,而他又断了另一条腿。

那天,这可怜的姑娘看见外科医生们郑重其事地扛走了一个袋子。以往的经验已经让她了解了这袋子的用处。那真是伤心的一天。她的心在诉说着叫人苦痛的真相,她的爱人又逝去了一点。她感觉自己对他的喜爱之情与日俱减,但还是再次让反对的亲朋们噤声,定下了新的婚期。

新婚期前不久,灾祸再次降临。去年被欧文斯河的野蛮印第安人剥去头皮的只有一人,此人正是新泽西州的威廉森·布雷肯里奇·卡拉瑟斯。那时他正心怀愉悦匆忙返家,却永远失去了一头秀发。在那伤心欲绝的时刻,他几乎诅咒这错误的慈悲,竟还留下了他的一颗头颅。

奥里莉亚终于陷入极度困惑,不知如何是好。信中写道,她仍然爱着她的布雷肯里奇,满怀真挚的女性柔情——仍然爱着所剩无几的他,但她的父母却竭力反对这门亲事,因为他身无长物,又没有工作能力;而她也能力有限,无法让两人维持舒适的生活。"如今,我该怎么办?"她痛苦而焦急地问道。

这个问题实在微妙,回答需得小心。这关乎一个女人和接近三分之二个男人之终身幸福。我感觉自己不敢承担太大责任,仅仅只能提出一个建议。来重新塑造他怎么样呢?如果奥里莉亚承担得起这笔费用,就让她为这残缺不全的情人安上木头做的假胳膊假腿,再来一颗玻璃眼珠,戴上一顶假发,让他旧貌换新颜。再给他九十天时间,此后永不宽限,如果这段时期内他没有折断脖子,就嫁给他,碰碰运气。反正,奥里莉亚啊,在我看来,其中也并无多大风险,因为,如果他还是坚持自己这古怪的癖好,一逮着机会便损毁自己,那么下次实验必定是自我了结,那你无论已婚未婚,都是太平无虞。如果已婚,那两条木腿等诸如此类的财产,都会归于他的遗孀。有了一位高贵却也最为不幸的丈夫留下的零碎,你便也没遭遇什么实际损失。这位丈夫虽然一心想努力过好日子,却处处被超乎寻常的天赋阻挠。试试吧,玛丽亚。我已经慎重全面地考虑过此事，我认为这是你唯一可能的出路。卡拉瑟斯那头，如果是从脖子开始——最初就折断了那东西，那倒是皆大欢喜了；但既然他觉得应当选择另一种办法，尽可能地自我延期，我觉得也不应该因为他的乐此不疲而多加苛责。我们应该审时度势，做出最大努力，也尽量不迁怒于他。

·

列车食人事件

不久前我往圣路易斯去了一趟。在印第安纳泰瑞豪特区换乘西去列车之后，一个温文尔雅、慈眉善目、四十五岁（或五十岁）上下的绅士在中途一个小站上了车，坐在了我身旁。我俩谈天说地，愉快地聊了约莫一个小时。我觉得他真是智慧超凡，又叫人愉悦。他听说我从华盛顿来，马上开始打听各种公众人物和国会事务。我很快发现，跟我聊天的这位先生对国会山上政治生活的复杂内情都了如指掌。立法重地、参众两院、风度礼仪、规矩流程，他无所不晓。此时另外两位先生在我们身旁略作停留，其中一个对另一个说：

"哈里斯，要是你帮我办了这事，我永远都不会忘了你的，兄弟。"

我的新同伴眼中流露出愉悦的光。我想应该是这些话勾起了他快乐的回忆。接着他露出陷入沉思的表情——甚至于忧郁，然后转身朝我道：

"我给你讲个故事吧，给你透露我人生中的一件隐秘的事——自从此事发生后，我就再也没有提起过。请你耐心听我说，答应不要打断我。"

我表示不会打断，他便讲述了下面这场奇异的冒险，时而绘声绘色，时而忧伤悲戚，从头到尾都充满感情，认真诚恳。

陌生人的讲述

一八五三年十二月十九日，我在圣路易斯搭上前往芝加哥的夜间列车。车上总共只有二十四名乘客，没有女人和儿童。大家心情都不错，很快就通过愉悦交谈熟悉起来。这趟旅程应该会非常快乐。我想，我们中没有任何一个，能哪怕是略微预知到很快要降临的巨大恐怖事件。

晚上十一点，窗外下起了大雪。列车驶离一个叫作威尔顿的小村庄，不久就进入了孤寂而广袤的荒原，举目四望，渺无人烟，一片凄清悲凉之象，一直延伸到远方的新教徒定居点。没有树木、山丘，甚至连零落的岩石也没有，狂风畅行无阻，猛烈地呼啸着刮过这平坦的荒原。风卷落雪，如同狂风骤雨的大海上翻卷的浪涛。雪迅速积深，列车持续减速，我们清楚，马达要犁破积雪，是越来越难了。说实在的，有时候列车几乎就是完全不动了。狂风翻卷着大块积雪，在轨道上堆积起来，活像一座座巨坟。大家聊天的兴致越来越淡，快活渐渐消散，忧虑取而代之。人人都在发愁：要是在这荒原上被大雪困住，方圆八十公里内没有任何人家，可怎么办啊？大家都垂头丧气。

　　凌晨两点，周围的一片死寂，将我从不安的睡眠中惊醒。我脑中立刻闪过这可怕的现实——我们已经成为雪堆中的囚徒！"全体行动，进行自救！"每个人都遵守这个命令行动了起来，全身心地冲入这原野荒夜。周围漆黑一片，大雪汹涌，风暴席卷。大家心里都明白，哪怕耽误一分一秒，就可能让我们全军覆没。铲子、板子、双手——能够清除积雪的任何工具，一切工具，都立刻被用上了。那场景真是无比离奇：一小群紧张而狂乱的男人，在对抗着逐渐堆高的积雪，雪堆的下半部分已经隐没在最黑暗深沉的阴影中，上半部分则被火车头反光灯强烈的光照射着。

短短一小时过去，我们显然完全是在白费力气。我们铲掉一个雪堆，狂风就会再弄来十几个，继续阻塞轨道。雪上加霜的是，有人发现，在对敌人发起最后冲锋时，火车驱动轮的纵轴已经断裂！那么即便轨道畅通无阻，我们也无计可施。我们筋疲力尽又满怀沮丧地进了车厢。大家围着火炉，严肃而沉重地讨论着眼下的处境。我们一点吃的东西都没有——这是大家最大的苦恼。冻倒是冻不着，因为煤水车里有的是木头——这是大家唯一的安慰。到最后，大家都接受了列车员那叫人泄气的结论，也就是说，谁要是想徒步在这样的雪地里走上八十公里，那是必死无疑。我们没法派人去求援，即便可以，也不会有人来帮忙。我们只能认命和等待，尽量耐心一点，要么盼来救援，要么活活饿死！这些话一说出来，我想就算是最坚强的心智，也会感到一股嗖嗖的凉意。

不一会儿，谈话就变成散落在车厢各处的窃窃私语，在窗外风暴与轰鸣的起落中断续传出。灯光越发昏暗，大多数"难民"们都静坐在摇曳的灯影中陷入沉思——如果可以的话，忘掉眼前；如果做得到的话，睡一觉。

永恒的长夜——在我们看来的确是永恒的——终于慢慢地过去了，东方破晓，露出晦暗阴冷的天光。光线逐渐亮起，乘客们也都一个接一个地动起来，有了活气，逐个地把耷盖在额头上的帽子掀起来,伸展僵麻的腿脚,望向窗外那一片阴惨惨的景象。真的是阴惨惨啊!看不到一个活物,一户人家,白茫茫的一片荒野,就是一切。雪片在风中翻卷着,到处都是——飞舞的雪片完全遮蔽了高处的苍穹。

我们就在车厢里转悠了一整天,说很少,想很多。大家又度过了一个漫漫长夜,沉闷愁苦,又饥肠辘辘。

天又亮了——大家又在沉寂、悲伤与难耐的饥饿当中度过了一天,无望地等候着无法到来的救援者。入夜,没人睡得安稳,梦里有宴饮享乐,大快朵颐——醒来饥饿的噬咬让人愁上加愁。

第四天到来了,又过去了——第五天来了!这可怕的囚禁我们已经忍受了整整五天!每只眼睛里都放射出饥饿的凶光。眼里流露出可怕的含义——这预示着每个人心里都不由自主地形成了一种朦胧的想法——目前还没人敢将这种想法明说出来。

第六天过去了——第七天天亮时,这群男人个个都憔悴消瘦,心如死灰,被笼罩在死亡的阴影下。非说不可了!那在每个人心中滋长的东西,都已经挂在嘴边,马上就要冲口而出了!人的本性已经忍受到了极限,不堪重负,只能举手投降了。明尼苏达州的理查德·H.加斯顿先生站起身来，他身材高大，面如死灰。所有人都知道他要说什么。所有人都做好了准备——压抑了一切的情感，一切激动的表现。那一双双近来十分狂野的眼中，浮现出冷静与深思过后的严肃神情。

"先生们，再也不能耽搁了！时间不等人！我们必须做出决定，要由谁去死，做大家的食物！"

伊利诺伊州的约翰·J. 威廉斯先生起身道："先生们，我提名田纳西州的詹姆斯·索耶牧师。"

印第安纳州的Wm. R. 亚当斯先生说："我提名纽约州的丹尼尔·斯洛特先生。"

查尔斯·J. 朗顿先生："我提名圣路易斯的塞缪尔·A. 鲍恩先生。"

斯洛特先生："我要求退出竞争，成全新泽西州的小约翰·A. 范·诺斯特兰德先生。"

加斯顿先生："如果没有异议，这位先生的要求将会得到满足。"

由于诺斯特兰德先生的反对，斯洛特先生退出的请求予以驳回。索耶和鲍恩先生也要求退出，也因为同样的理由被驳回了。

俄亥俄州的A. L. 巴斯科姆先生："我提议，提名到此结束，众议院进行投票选举。"

索耶先生："先生们——我对这些议程提出严正抗议。无论怎么说，这都太不像话太不成体统了。我恳请，这些议程立即作废，我们得先选举一名会议主席，以及协助他办事的合适干事，才能明明白白地处理眼前的事务。"

艾奥瓦州的贝尔先生："先生们——我反对。现在不是硬要遵循礼仪规程的时候。七天多了，我们一口东西都没吃。我们在没有意义的讨论中每浪费片刻，都只会增加我们的痛苦。我对提名的人选表示满意——也相信在座的每一位先生都是满意的——我个人反正是不明白，为什么不立刻从其中选出一两个来。在此，我希望提出决议——"

加斯顿先生："你的决议会遭到反对，而且按规定只能暂缓一天，反而会造成你希望避免的推延。来自新泽西的先生——"

诺斯特兰德先生："先生们——我与诸位素不相识，我从未追求过各位赋予我的优待，我觉得需要谨慎——"

亚拉巴马州的摩根先生（打断他）："我提议结束辩论，立刻投票。"

他的动议被通过了，自然也就断了更进一步的争论。选举主席与干事的动议被通过了，如此加斯顿先生当选为主席，布莱克先生当选书记员。霍尔科姆、戴尔和鲍德温几位先生组成负责提名的委员会。R. M. 霍兰先生作为伙食供应商，协助委员会作出选择。

接着便休会半小时，核心集团又召开了一场小型决策会议。木槌一响，大会召开，委员会提交报告，提名肯塔基的乔治·弗格森、路易斯安那的卢西恩·赫尔曼和科罗拉多的W.梅西可这几位先生作为候选人。大会接受了此报告。

密苏里州的罗杰斯先生："主席先生——既然报告已经完整提交给众议院，我提议对其进行修正，用圣路易斯的卢修斯·哈里斯先生替换赫尔曼先生。哈里斯先生是我们所有人都熟知的体面之人。当然，我不希望被解读为有意贬损那位路易斯安那先生的高贵人格与声望，我绝无此意。我与在座任何一位先生一样，对他极为敬重。但我们也不可能视而不见，我们被困于此的一个星期中，他消瘦得比任何一个人都要厉害——我们不可能视而不见，委员会没能尽职尽责，要么是因为疏忽大意，要么是刻意为之，竟然要让我们选举这样一位绅士，不管他自身心地多么纯正，身上却的确没什么营养——"

主席："请这位来自密苏里的先生在席位上就座。本主席不允许委员会的公正被这样质疑，除非通过正式程序按规则提出。众议院对这位先生的动议有何意见？"

弗吉尼亚州的哈利迪先生："我提议对报告进行进一

步修正，用俄勒冈州的哈维·戴维斯先生替代梅西可先生。诸位先生也许会着力劝阻，认为边境生活的艰难困苦已经让戴维斯先生饱经风霜粗糙不堪。然而，先生们，这是挑剔对方粗糙与否的时候吗？这是吹毛求疵的时候吗？这是因为琐碎小事就争吵不休的时候吗？不，先生们，我们要的就是块头——要多，要重，块头要大——这些是目前最重要的必需品——不管才华，不管灵性，不管教育。因此，我坚持自己的动议。"

摩根先生（激动地说）："主席先生——我对这一修正案表示最坚决的反对。来自俄勒冈的这位先生太老了，而且，他虽然块头大，却只是因为骨架子大——肉并不多。我请问这位弗吉尼亚的先生，我们是想喝汤呢，还是要实实在在地吃肉？他是想用虚幻泡影来迷惑我们吗？还是想用俄勒冈的幽灵来嘲讽我们的困苦？我请求他看看自己周遭这些焦灼的面孔，注视我们忧伤的眼睛，倾听我们企盼的心跳，他还能把这个饿得皮包骨的家伙硬塞给我们吗？我请求他想想目前这凄凉悲惨的处境，过去承受的悲哀，以及前景黯淡的未来，他还能不能毫无同情心地把来自俄勒冈可怕海滩上的这具尸骸，这具残躯，这个颤巍巍的假东西，这粗糙、憔悴而毫无生气的流浪汉坑蒙拐骗地强加在我们身上？休想！"（掌声）

经过一番激烈辩论，这一修正案进入了投票表决环节，没有通过。第一修正案提出让哈里斯先生做替代，于是投票开始。前五次投票都没有结果，第六次投票后，哈里斯先生当选，除他本人之外，全体都投了赞成票。于是有人提出动议，大家鼓掌肯定他的当选，这一动议由于他再次反对自己当选而遭到否决。

拉德韦先生提议，众议院现在应该开始提名其他候选人，进行用谁做早饭的选举。这一动议获得了通过。

第一次投票出现了平票的状况，半数成员赞成某个候选人，因为他年轻；另一半成员则选中了另一个候选人，因为他个头较大。主席投出了决定性的一票，选中了后者——梅西可先生。这一结果在落选的弗格森先生的朋友当中引起了相当强烈的不满情绪，有人要求重新进行一次投票。但在抗议的声浪中，休会的动议被通过了，于是立即散会。

晚饭的准备工作在很长一段时间内分散了弗格森派系的注意力，他们没有再因为不满而议论纷纷。当他们又要捡起这个话头时，有人欢天喜地地宣布，哈里斯先生已经准备就绪，于是所有的不满即刻化为云烟。

我们支起车座靠背，搭了个临时餐桌，心中满怀感恩地坐了下来。在这让人饱受折磨的七天之中，我们所赖以憧憬的最精美的晚餐就摆在眼前。和短短几个小时之前相比，我们真是发生了翻天覆地的变化！那时的我们，心如死灰，满面愁容，饥肠辘辘，心急如焚，苦闷绝望；现在的我们，感恩戴德，镇定自若，怀着语言无法表达的深切喜悦。我知道，那是我阅历丰富的一生中最快乐的时刻。狂风仍在号叫，卷起大雪在我们的囚笼周围狂舞。但风雪再也无力困扰我们。

我挺爱吃哈里斯的。说实在的，他或许还能被做得再好吃一些，但我可以毫无顾忌地说，没有谁像哈里斯那样对我的胃口，给我带来那样的满足。梅西可也挺好吃的，虽然调味重了一点。但要寻求实实在在的营养和细嫩的肉质，哈里斯是我唯一的选择。梅西可当然也有很多长处——我无意否认，也不愿否认，但把他当早餐的话，可比一具木乃伊好不了多少啊。我的先生——真是好不了多少。瘦吗？瘦得我直叫上帝！糙吗？他可太糙了！你根本想象不到——你永远也想象不到那样的事情。

你是想告诉我——

请你不要打断我。早饭后，我们选出了底特律一个叫沃克的人做晚餐。他很好——我后来给他妻子去信也是这么说的——他值得一切赞美，我会永远怀念沃克。他稍微生了点,但很不错。第二天早上,我们用亚拉巴马州的摩根做了早餐。他是我坐在桌前享用的最好的人之一——英俊帅气,教养良好,文质彬彬,能流利地说好几种语言,真是个完美绅士啊,完美的绅士。肉也是出奇地嫩滑多汁。晚饭我们吃了那个俄勒冈的老头儿[1],他可真是中看不中用,这一点毫无疑问——又老又瘦又糙,没人能想到真相竟是如此。最后我说:"先生们,你们自便即可,但我要等下一次选举。"

伊利诺伊州的格兰姆斯也说:"先生们,我也要等。等你们选出有可取之处的人,我会很高兴与诸位共同享用。"

很快,事实显而易见,大家对俄勒冈州的戴维斯先生普遍不满。因此,为了保持我们在享用过哈里斯之后那令人愉悦的和谐气氛,大家再次召集了一次选举,结果是佐治亚州的贝克尔先生入选。

他可真美味啊!好嘛,好嘛——那之后我们又选了杜立特、霍金斯和麦克罗伊(有人对麦克罗伊颇有微词,因为他瘦小得很),还有彭罗德,两个姓史密斯的,以及贝利(贝利有一条木头假腿,这显然是个损失,但除此之外他还是挺不错的),还有个印第安小伙子,一个在街头拉手风琴

---

[1] 指哈维·戴维斯。

的,以及一位叫巴克敏斯特的先生——一个瘦得像木柴棍儿的流浪汉,跟大家相处得不好,当早饭也没啥好吃的。我们很高兴在救援队赶来前选中了他。

所以营救队到底还是来了?

是啊,一个阳光明媚的早晨,选举刚结束就来了。那次入选的是约翰·墨菲,他肯定是最好的选择,我愿意作证。但约翰·墨菲坐在前来救援的火车上,和我们一起回了家,一直好好活着,后来和哈里斯的遗孀结了婚——

是那个——

第一个中选人的遗孀。墨菲娶了她,婚姻幸福,备受尊敬,日子过得红红火火。啊,就像是一部小说,先生——一部爱情故事。我该下车了,先生,只能说再见了。您什么时候方便,来跟我待上一两天,我很乐意招待您。我喜欢您,先生,我已经对您有了好感。我对您的喜爱,也许能比肩对哈里斯本人呢。日安,先生,祝您旅途愉快。

他扬长而去。我这辈子从未感到如此惊愕、痛苦与困惑。但从内心深处来讲,我很高兴他走了。他表面上是那么温文尔雅、柔声细语,但只要那饥饿的眼睛望向我,我就吓得不寒而栗。听说自己赢得他危险的好感,和已故的哈里斯一样得到他的看重,我的心简直都要停跳了!

我困惑得莫可名状。我并不怀疑他这个故事的真假,他说得如此严肃认真,我没什么可质疑的。但其中那些可怕的细节叫我难以忍受,陷入绝望的混乱中。此时我发现列车员在看着我,便问道:"那人是谁?"

"他曾经是个国会议员,一个好议员。但他在风雪夜被困列车中,好像差点就饿死了。他全身都冻僵了,还冻伤了,饿得一点儿力气都没有了。之后的两三个月,他生了一场病,脑子出了点问题,现在倒是好了,但成了个偏执狂,只要提起那个老话头,非要讲到把一车人吃光才停下来。如果讲到现在,他应该已经把全部人吃完了,只不过他非得下车了。他简直把那些名字都背得滚瓜烂熟了。等他讲到把人全吃光,只剩下自己了,总是会说:'接着按照惯例,就该选举谁当早餐了。因为没人反对,我自然就当选了。之后,又因为没人反对,我就退出了。所以我现在在这儿。'"

原来我听到的并非一个嗜血成性的食人族的真实经历,而是个疯子异想天开的胡说八道,并无任何凶险。那种轻松释然,真是难以言喻。

中世纪传奇一则

一　揭穿隐秘

夜晚时分。克鲁根施泰因家族那古老恢宏的封建城堡笼罩在一片寂静之中。一二二二年已经临近尾声。最高的那座城堡塔楼上，隐隐得见一盏摇曳的孤灯。一场秘密会谈正在那里进行。严肃冷峻的克鲁根施泰因老勋爵正稳坐沉思，少顷，柔声说道：

"我的女儿！"

一位形容高贵的年轻男子，全身着骑士铠甲，应声道：

"请讲吧，父亲！"

"女儿啊，让你年轻的生命饱受困扰的那件隐秘，如今也到了揭露的时候。那么要请你明白，事件本身的根源，也在我现在要展开叙述的桩桩件件当中。我的兄长乌尔里希是勃兰登堡大公爵。我们的父亲在弥留之际宣布，如果乌尔里希未能得子，则继承权归我这一房所有，当然我也须得子方可。如果我们两兄弟都未能得子，只有女儿，则继承权归乌尔里希之女，当然她须得白璧无瑕；若她有污点，则遗产由我女儿继承，当然她的名声也须绝对清白。于是乎，我与我的发妻虔诚祈祷，求上苍恩赐我们一个儿子。然而苍天无眼，我们有了你。当时我陷入绝望之中，眼看胜券在握的万贯家财就要溜走，美梦就快化为泡影，而我本是那样满怀热望！乌尔里希已经结婚五年，他的妻子却并未生育一儿半女。

"'但是，等等，'我说，'还没有到无计可施的地步。'我脑子里闪过一条挽回局面的计策。你是午夜出生的，知道你性别的，只有在场的一位医师、一位助产士和六名侍女。一小时之内，我便将他们全部绞杀。第二天一早，我们正式宣布，克鲁根施泰因家族诞下一个男婴，是伟大的勃兰登堡的继承人！整个男爵领地欣喜若狂。一直以来，这件隐秘被瞒得严严实实。你在婴儿时期，由你母亲的亲生姐妹照料，从那时起，我们便无所担忧。

"你十岁那年,乌尔里希得了一女。我们很伤心,但也希望天降好运,让她在襁褓中便出麻疹,遇庸医,或遭遇其他天谴,但皆事与愿违。她活了下来,还身强体健——苍天诅咒她吧!不过这也没关系,我们安然无虞。因为,哈哈,我们不是有个儿子吗?我们的儿子不是未来的公爵吗?难道不是我们疼爱有加的康拉德吗?——我的孩子啊,你这样一个活了二十又八年的女子,还从未有过其他的名字呢!

"现如今,我的兄长年事已高,风烛残年。他无力再为国事操劳,因此希望你去他那里,代他行公爵之实——尽管还无公爵之名。你的仆从已经安排就绪——今晚就启程吧。

"现在你要听好。牢记我说的每一个字。德意志帝国建立之时,便订立了一条法律:任何女性,在还未当众正式加冕之前,即便只在那伟大的公爵宝座中坐上片刻,就要被处死!所以,牢记我说的话:你要扮作谦卑之相,在宝座脚下的宰相之位上裁断一切事务,直到你被加冕册封,确保安全为止。你的真实性别应该不大可能被发现,但人世险恶,但凡聪明智慧之人,总要尽量做到万无一失。"

"唉,父亲!难道就因为此事,我这一生都要成为一个谎言吗?难道我就要这样骗取那无辜堂妹的权益?放过我吧，父亲，放过您的骨肉！"

"什么话啊，你这不肖女！我费尽心机，为你追求无上荣华，难道这就是我的回报？用我父亲的遗骸发誓，你这多愁善感、哭天抹泪的样子，真是完全没有我的风度气派。你快前去公爵那里，立刻启程！小心谨慎，可别坏了我的好事！"

这场谈话就此打住。这些足以让我们明白，无论这天性柔善的姑娘如何恳求、祈愿与流泪，全都无济于事。即便她想尽一切办法，也不能让顽固的克鲁根施泰因老勋爵有所动摇。于是，做女儿的最终还是怀着沉重的心情，眼睁睁看着城堡大门无情关闭。不知怎的，自己就在漆黑的夜色中骑马出发了，还有一群威武的仆从护送，他们全副武装，如骑士一般。

女儿离开后，老男爵默默无语地坐了半晌，转身对悲伤的妻子道：

"夫人，看来咱们的事情推进得不错。距离我派机敏又英俊的德茨因伯爵去对哥哥的女儿康斯坦丝执行那阴毒的任务，已经整三个月了。要是他失败了，那咱们就不算是完全胜券在握；但如果他成了事，即便天不假运，咱们的女儿永远做不了男公爵，也没有任何力量能阻止她成为女公爵了！"

"我的内心充满忐忑,但愿一切顺遂吧。"

"呸,妇道人家!猫头鹰的不祥之声由它去吧!你去睡吧,在梦中尽享勃兰登堡与那宏伟庄严!"

二 欢庆与泪水

前章所叙述之事发生六天之后,勃兰登堡公国的辉煌首都举行了壮观的军事典礼,忠诚的百姓们欢天喜地,喧闹沸腾,一切都是因为那年轻的爵位继承人康拉德已经到达。老公爵满心欢喜,因为康拉德形容英俊,风度翩翩,让他一见便喜欢。宫里的各个殿堂人头攒动,达官显贵济济一堂,他们热烈欢迎康拉德的到来。一切是那样欢快与幸福,他感觉心中的忧惧与悲愁渐渐散去,快慰的满足取而代之。

然而,宫中一处偏僻的房中,却呈现出截然不同的光景。窗前站着公爵的独女,康斯坦丝小姐。她的双眼又红又肿,还噙满了泪花。她茕茕孑立,形影相吊。旋即,她又开始抽泣,大声悲诉道:

"德茨因这个混蛋不见了——他逃出了公国!我起初完全无法相信,但是,啊!事实就是如此。我曾那样爱他。就算知道我那公爵父亲绝不会允许我嫁他,我也鼓起勇气,大胆去爱他。我爱过他——但现在我恨他！我打心眼儿里恨他！啊，我会有什么下场！我完了，完了，完了！我要疯了！"

三　世事难料

　　几个月的时光匆匆过去。年轻的康拉德治国有方，决断英明，量刑仁慈，手握大权却谦逊有礼，真是举国上下有口皆碑。老公爵很快把一切事务都交给他掌管，自己坐于一旁，满怀骄傲与满意，聆听自己的继承人坐在宰相位上传达王令。如康拉德这般深受爱戴，全民颂扬，荣耀加身的人，似乎不该有什么烦恼；但奇怪得很，他并不快乐。因为他惊慌地觉察到，康斯坦丝公主逐渐爱上了他！全世界的爱于他都是值得快乐的好事，但独独这份爱，却危险重重！更有甚者，他还发现，满怀欣喜的公爵也发现了女儿情有所钟，已经在梦想着两人的婚事。公主的脸上原本含着深深的哀怨，如今已日渐消散，目光中的希望与活力则一天比一天热切；逐渐地，那曾经满是愁容的面庞上，甚至偶有笑容驻留。

　　康拉德胆寒心惊。刚进宫时，初来乍到，他愁闷痛苦，渴望有人能懂他，而这样的共情只有女人能够给予和体察。于是康拉德竟然服从于本能，发展了与同性的情谊。如今他狠狠地咒骂自己，只得处处回避自己的堂妹。但事态的发展却变本加厉了起来：很自然地，他越是躲着人家姑娘，她就偏要出现在他面前。起初他只是感到惊讶，接着就是惊吓了。这姑娘是在纠缠他，在追求他，无论何时何地，无论黑夜白天，她总能制造与他的偶遇，她是那样急切非常。其中必有什么蹊跷。

事情不能再这样下去。所有人都在议论此事。公爵也显出困惑迷茫的样子。可怜的康拉德饱受忧惧与思虑的煎熬，逐渐变得如幽灵游魂一般。一天，他正从与画廊相通的私厅出来，康斯坦丝迎面走来，抓住他的双手，大喊道：

"哦，你为什么总是躲着我？我到底做错了什么——说错了什么，才失去了你对我的好感——曾经你一定是对我有好感的。康拉德，请不要厌恶我，请可怜一下我这饱受摧残的心灵。我不能——再也不能忍着这些话不说了，不然就要憋死了——我爱你，康拉德！终于说出来了，你要是瞧不起我就请便吧，但我还是说出来了！"

康拉德无话可说。康斯坦丝迟疑片刻，接着，出于对这种沉默的误解，眼中燃起狂喜的火苗，展开双臂，搂住他的脖子说：

"你心软了！你心软了！你是可以爱我的——你会爱我的！哦，说你会爱我，属于我的、我所仰慕的康拉德啊！"

康拉德高声叹息，一种病态的惨败在脸上蔓延开来。他全身抖得如同风中的杨树，随即，无路可退地将那可怜的姑娘一把推开，喊道：

"你根本不知道自己在要求什么！这永远永远不可能！"接着他像个罪犯般仓皇而逃，公主被撇在原地，惊愕不已，呆若木鸡。过了一会儿，她在那里哭起来，哭得抽抽搭搭；康拉德也在自己的寝房中哭，哭得抽抽搭搭。两人都绝望不已，两人都觉得自己就要完了。

不久，康斯坦丝慢慢站起来，一边离去一边说：

"他竟如此鄙视我的爱，可怜我还以为这爱正在融化他冷酷的心！我恨他！他竟如此唾弃我——这个男人竟敢如此——他唾弃我就如唾弃一条狗！"

四　惊天丑闻

时光流逝。公爵那位善良的女儿，忧愁再次在她脸上流连不去。再也没有人看到她和康拉德一同出现。为此公爵很是忧虑。但随着时间一天天过去，康拉德的脸上倒是恢复了血色，双眼又有了以往的神采，处理起政事来，依然是英明决断，且聪明才智稳中渐长。

不久，宫廷内外逐渐流言纷纷——一开始是窃窃私语，后来越发明目张胆，流传甚广。很快城邦的街头巷尾都将其引为谈资，流言传遍了整个公国。这流言的内容如下：

"康斯坦丝公主生了个孩子！"

克鲁根施泰因勋爵听说了这个消息，将头上那插着羽毛的头盔使劲摇晃了三下，喊道：

"康拉德公爵万岁！——瞧瞧，从今天开始，他的冠冕可是稳稳当当了！德茨因这趟差事办得好，我非得奖励这个好流氓不可！"

于是他把消息广泛地散布开去。接下来的四十八个小时里，整个男爵领地里的人，无一不在载歌载舞，张灯结彩，畅饮作乐，庆祝这天大的喜事。所有的开销都由自豪而欢乐的老克鲁根施泰因承担。

五　大祸临头

审判即将开始。布兰登堡所有的贵族与爵士，都聚集在公爵王宫的审判大厅内。凡是可供观者坐立之处，绝无虚席。康拉德身穿缀以白鼬皮毛的紫衣,坐在宰相之位,在他两旁就座的是公国的各位大法官。老公爵严令,对自己女儿的审讯不得徇私枉法,接着便带着一颗破碎的心,回榻休息了。他在这世上已是时日无多。可怜的康拉德也曾像要保全自己性命一般,苦苦哀求不要审讯自己的堂妹,让自己免于痛苦,但未能如愿。

在场所聚人之中,最伤心的是康拉德。

最高兴的则是他父亲。原来,在女儿"康拉德"并不知晓的情况下,老克鲁根施泰因男爵也来了,就在那一群贵族之中,为自己这房即将更享荣华富贵而得意扬扬。

掌礼官宣布正式开庭,之后按规矩进行了各项程序。威严的首席法官说:

"犯人,站出来!"

可怜的公主站起来,揭开面纱,直面大庭广众。

首席法官继续道:

"最尊贵的小姐,在公国各位大法官面前,小姐您未经神圣婚姻便诞下一子的事情已被指控且证实,根据我国古老的法律,应判处死刑;除非出现另一种情况,即监国公爵殿下——我们尊贵的康拉德大人,在他庄严的宣判中为您陈词。因此,请留心听着。"

康拉德迟疑地伸出权杖,而与此同时,他那男儿装之下的一颗女儿心又对这注定有罪的犯人感到无限怜悯同情，使他热泪盈眶。他朱唇微启，刚要讲话，首席法官却抢白道：

"不能在那里说，殿下，不能在那里说啊！所有有公爵血脉的王公贵戚，都必须在公爵宝座上宣判，否则不合法律规定！"

可怜的康拉德心中一凛，他那老父亲的钢铁之躯也禁不住颤抖。康拉德还未正式加冕——他胆敢就这样染指王座吗？他犹豫不决，忧惧使他面色苍白。然而，情势所迫，不得不为。人们已经向他投来困惑的目光，要是再犹豫下去，大家就要起疑心了。他登上了王座，旋即又伸出权杖，说：

"犯人，以至高君主，布兰登堡公爵乌尔里希之名，我履行他赋予本人的神圣职责。请留心听我的话。根据本国古已有之的法律，除非你供出自己的共犯，将他交给行刑者，否则你自己就必死无疑。抓住这个机会——趁尚有时机，快快拯救你自己。供出你孩子的父亲！"

整个大厅笼罩着肃穆的沉默——深渊一般的寂静，人们的心跳声都清晰可辨。公主缓缓转身，眼中燃烧着仇恨的怒火，柔荑直指康拉德：

"那个人就是你！"

这骇人听闻的指控，把他陷于无助而绝望的危局。康拉德的心被寒意浸透，如同死神已然光临。这尘世间还有什么力量能够拯救他呢？要证明这是虚假指控，他就必须揭露自己的女性身份；然而，一个未加冕的女人，坐上公爵的王座，也会被判死刑！就在同一时刻，他与他那面无表情的老父亲都昏倒在地。

（这是个情节曲折、扣人心弦的故事，其结尾不会出现在这里，也不会出现在其他任何出版文字中，现在不会，以后也不会。）

说实在的，我已经把自己的男主人公（或者说女主人公）陷于如此命悬一线的境地，也不知道该怎样让他（或她）脱离这困境——因此我只好洗手不干，让那人物根据当下情势，自己选择最好的脱身之法——或者干脆就留在那里。我本以为那是个小困难，应该很好解决，但现在情况似乎有所不同了。

卡皮托山的维纳斯传奇

一

[场景——罗马,艺术家的雕塑室]

"哦,乔治,我是真的爱你!"

"感谢这一往情深,玛丽,我明白你的感情。然而你父亲为何如此冥顽不灵?"

"乔治,他也是好意,但他觉得搞艺术的都很荒唐——他只懂那些柴米油盐,他觉得你会让我挨饿。"

"他自以为智慧,却是这么糊涂!不过这还真让我感慨:为何我不是个没心没肺只知赚钱的食品商人,却是个天赋卓然却食不果腹的雕塑家呢?"

"不要灰心啊,我亲爱的乔治!只要你赚到五万块,他的一切偏见就会消失不——"

"见鬼的五万!小傻瓜啊,我还欠着伙食费呢!"

二

[场景——罗马某宅]

"小伙子啊,你说什么话都没用的。我对你本人没意见,但不可能让我女儿嫁给什么乱七八糟的爱情、艺术,还要挨饿——我想除了这些你也给不了她别的吧。"

"先生,我是很穷,这点我同意。但难道名气就什么都不算吗?阿肯色州的贝拉米·福德尔阁下就说我的新作亚美利加女神雕像是件上佳精品,并确信有一天我会以才华扬名。"

"瞎扯!那个阿肯色的蠢货懂个啥?名气一点儿也不值钱,关键要看你那个大理石雕的怪物市价多少。你花了六个月凿来雕去的,居然一百块钱都卖不出去。这可不行啊小伙子!拿出五万块,你就把我女儿领走,不然她就要嫁给辛普尔家的少爷。你有整六个月的时间去筹这个钱。请好吧你。"

"唉！我可真是命苦！"

三

[场景——雕塑室]

"哦，约翰，我的发小，我是世界上最不快乐的男人。"

"你就是个缺心眼儿！"

"这世上我别无所爱，只有我这可怜的亚美利加女神雕像——看哪，连她都对我毫无同情，这冰冷的大理石面庞啊——如此美丽，又如此无情！"

"你是个蠢货！"

"哦，约翰！"

"哦，别废话了！你不是说还有六个月时间筹钱吗？"

"请别嘲笑我的痛苦，约翰。就算我有六个世纪，又有什么用呢？一个穷得叮当响的可怜虫，没有名声、资本、朋友，时间有什么用？"

"白痴！懦弱！幼稚！六个月筹钱还不够吗——五个月就够了！"

"你在说什么疯话？"

"六个月——太够了。交给我。我来筹。"

"你什么意思,约翰?这么一笔巨款,你究竟怎么给我搞到?"

"你就放心交给我,别瞎搅和行吗?你就让我去办好吗?不管我做什么,你都发誓服从好吗?你向我保证,不要挑我的任何错,行吗?"

"我有点儿晕……搞不明白……但是我发誓。"

约翰拿起一把锤子,故意砸坏了亚美利加女神的鼻子!他再次挥锤,女神的两根手指掉在地上——再来一锤,一只耳朵掉了点儿下来——又一锤,一排脚趾被砸得分崩离析——又是一锤,左腿从膝盖以下,碎成了一片又一片!

约翰戴上帽子,扬长而去。

乔治看着眼前这被锤得支离破碎,又荒诞可笑的噩梦,无语凝噎,足足愣了有三十秒,接着萎靡倒地,惊厥抽搐不已。

不一会儿,约翰赶着一辆四轮马车回来了,把心碎一地的艺术家和断腿雕像弄到车上,赶车离去,低低地吹着口哨,镇定自若。

他把艺术家放在住处,赶着车,和雕像一起消失在奎里努斯大道的尽头。

四

[场景——雕塑室]

"今天两点,六个月之期就到了!哦,痛苦!我的人生就此毁灭。我不如一死了之。昨天没吃晚饭,今天没吃早饭,我不敢进饭馆。饿?——快别提了!我的鞋匠催债,我的裁缝催债,我的房东阴魂不散,我要被逼上绝路了。我苦不堪言。自那可怕的日子之后,我就再也没见过约翰。我和玛丽在大道上相遇,她朝我展露温柔笑靥,但她那铁公鸡的老头父亲马上叫她看向别处。啊,是谁在敲门啊?又是谁要来逼我?肯定又是那凶神恶煞的鞋匠。进来吧!"

"啊,愿殿下您幸福常伴,愿大人天福永享!我把大人的新靴子送来了——啊,付钱的事情请不要提,不着急,完全不着急。若我们高贵的大人能够继续赏脸光顾小店,鄙人将无比荣耀——啊,再会!"

"亲自送鞋上门?不急着要钱?离开的时候鞠躬作揖,简直是皇家大礼!还希望我继续光顾!世界末日要到了吗?这究竟是——进来!"

"打扰了,先生,我为您送来了新衣服——"

"进来!"

"上门多有打扰,万分抱歉,阁下。我为您备好了楼下华丽套房——这等陋舍实在配不上——"

"进!"

"我上门拜访,特来禀明:您在我行的信用账户前段时间不幸暂停,现已完全恢复,毫无问题。如果您能去我们那里办理业务,实乃我们的荣幸——"

"进!!"

"高贵的孩子,她是你的了!她马上就来了!带她走吧,娶了她吧,爱她吧,祝你们幸福!上帝保佑你们夫妻俩!大喜,大喜,快——"

"进!!"

"哦,乔治,心肝儿啊,我们得救了!"

"哦,玛丽,宝贝儿啊,我们是得救了——但是究竟为什么,是怎么回事儿,我真是一点儿也不知道!"

五

[场景——罗马某咖啡馆]

有一群美国绅士,其中一位正在读一份周报——《罗马闲话》——边读边译:

奇妙发现

约六个月前,已移居罗马数年的美国绅士约翰·史密斯先生,以少量资金,从伯吉斯女亲王的一位破产亲戚那里购置了一小块土地,位于坎帕尼亚大区,西皮奥家族的陵园附近。

之后,史密斯先生拜访了公共产权登记大臣,将这块地转让给了贫穷的美国艺术家乔治·阿诺德,解释说他不慎损坏了阿诺德先生的财物,愿意将这块土地赔偿给他,以安其心,并表示为了进一步补偿对方,愿意自掏腰包,为阿诺德先生翻修这块地。四个星期前,史密斯先生对这块土地进行必要挖掘翻修时挖出了一尊可谓举世瞩目的古董雕像,让罗马丰富的艺术宝藏再添珍品。

这是一尊优雅精妙的女体雕像,尽管在漫长岁月中沾染了泥土,却仍风姿绰约,凡见者无不心动。这尊高贵雕像的鼻子、左侧膝盖以下的小腿、一只耳朵、右脚脚趾及一只手的两根手指均已不见踪影,但其他部位保存完好。

政府立即对雕像实施军事管制,并指派艺术评论家、古文物研究人员和主教们组成委员会,对其价值进行评估,并决定该给予出土地所有人的报偿。整件事情一直是顶级机密,昨晚才公开。在此期间委员会成员闭门不出,反复商讨。昨晚他们一致认定，这是一尊维纳斯女神像，出自公元前三世纪一位才华横溢的无名艺术家之手。他们认为这是世间已知的所有艺术品中，最完美无瑕的一件。

午夜时分，委员会举行了最终商谈，认为这尊维纳斯雕像价值高达千万法郎！根据罗马律法和惯例，在坎帕尼亚大区发现的任何艺术品，政府都只拥有一半所有权，因此国家别无他法，只能付阿诺德先生五百万法郎，才能将这尊美丽的雕像收归国有。今天上午，维纳斯雕像将被运往卡皮托山安置。中午，委员会将拜访阿诺德先生，面呈教皇圣座谕令，国库将慷慨拨付五百万法郎！

众人异口同声："好运！实在是好运！"

另一个声音响起："先生们，我建议咱们美国人立即合资成立公司，在这里购置地皮，开挖雕像，并和华尔街保持联络，操纵股票涨跌。"

众人齐声："同意。"

六

[场景——十年后的罗马卡皮托山]

"我最爱的玛丽,这是全世界最富有盛誉的雕像,就是你多次耳闻的那尊著名的'卡皮托山维纳斯'。罗马最负盛名的艺术家们已经将她的微小残缺'修复'如初(也就是涂上了补丁)。而光是对如此高贵的创作进行小小的修补,也足以让他们名垂青史。这个地方是多么陌生啊!幸福的十年已经过去,上次我站在这里的时候,还不是个有钱人,可怜可叹,简直是身无分文。然而,罗马成为这尊全世界最伟大古代艺术品的主人,和我有着莫大的干系。"

"卡皮托山的维纳斯啊,被万众景仰,如此耀眼辉煌。她是如此价值连城!值一千万法郎!"

"是啊,现在是值这个价。"

"哦,乔治啊,她美得如此神圣庄严!"

"是啊。可是在恩人约翰·史密斯打断她的腿和鼻子之前,她简直一无是处。智者史密斯!天才史密斯!高贵史密斯!是他创造了我们一切的幸福!你听!知道这喘气意味着什么吗?玛丽,小家伙得了百日咳。你呀,永远照顾不好孩子!"

尾声

　　维纳斯雕像至今仍伫立在罗马的卡皮托山上，仍是最具魅力、最为杰出的艺术品，举世称颂。不过，假若你此生有幸站在她面前，也像旁人一样观赏得如痴如醉，可千万别被这个关于其神秘来历的真实故事坏了兴致。如果你看新闻，发现在纽约州的锡拉丘兹或别的什么地方附近，挖出了一尊巨大的"石化像"，可别发表什么意见——如果把他埋在那里的始作俑者提出你可出巨资购买石像，可千万别买。叫他去找教皇！

　　（注：此短剧写于"石化像"诈骗丑闻[1]在美国引起轰动期间。）

---

[1] 即《鬼故事一则》中的石巨人一案。

鬼故事一则

我在百老汇大街尽头的一间大屋子里住了下来。在我来之前，这栋巨大老楼的上面几层已经数年无人居住，我那间屋早已布满尘灰，结满蛛网，陷入一片孤独寂静之中。第一天夜晚，我爬上楼，进入我屋子所在的那几层，感觉就像在坟墓间摸索，搅扰了死者的清净。我这辈子头一遭被带有迷信色彩的恐惧之情所笼罩。我在楼梯的黑暗角落拐弯时，看不见的蜘蛛网摇摆了一下，轻飘飘地粘在我脸上，我如遇幽灵，打了个寒战。

我进了自己住的屋子，把霉菌与黑暗都锁在外面，感到由衷的高兴。炉膛里火焰欢腾，我在壁炉前坐下，惬意地松了口气。我在那里坐了两个小时,回忆着过往的时光,想起曾经的一幕幕:从岁月的迷雾之中召唤出那些已经模糊的脸庞;带着恋慕之情,沉醉于那些很久以前就永远沉寂的声音;以及曾经耳熟能详,如今却无人再唱起的歌曲。我的幻想逐渐从热烈变得越发凄婉动人,窗外狂风的呼号也柔和了些,变成低低的哀叹。本来雨点在愤怒而猛烈地敲击着窗棂,也减退成安宁的"啪嗒啪嗒"。街上的声音逐渐减弱,直到最后一个晚归行人匆忙的脚步声也渐行渐远,最后变得悄无声息。

火苗已经不旺了。孤独的情绪悄悄爬上心头。我站起身,脱了衣服,小心翼翼地踮着脚在屋里到处走,偷偷摸摸地做着睡前必做的事情,仿佛周围都是正在熟睡的敌人,如果惊醒了他们,我必死无疑。我上床盖好被子,躺着聆听窗外的风雨和远处百叶窗微弱的嘎吱声,只听得酣然入梦。

我睡得很沉,但不知道睡了多久,突然就惊醒过来,浑身颤抖,感觉有什么事情要发生。满室沉寂,只有我的心在动——我都能听到心跳声。不一会儿被子开始慢慢朝床脚滑去,仿佛有人在拉扯!我无法动弹,也开不了口。毯被还在慢慢滑走,我的胸膛都裸露出来了。于是我用了很大力气扯住毯被,拉过来蒙住我的头。我等待着,倾听了一阵,又继续等待着。那缓慢笃定的拉扯又开始了,我再次毫无反应地躺在那里，等了仿佛一个世纪那么长的几秒钟，直到我的胸膛再次裸露出来。终于，我鼓起勇气，把毯被一把抓回原位，用力揪住不放。我再次开始等待。过了一会儿，我感觉到一阵轻扯，就再次使劲把毯被揪在手里。那边也开始用力，从轻扯变成使劲拉——而且力气越来越大。我松了手。毯被开始第三次往床尾滑动。

我发出不满的嘟囔，床尾也传来一句嘟囔作为回应！我的额头上冒出豆大的汗珠，被吓得灵魂出窍。不久我就听到屋子里响起了沉重的脚步声——在我听来就像大象的脚步声——一点也不像是人发出的声音。但这声音是逐渐离我远去的——这倒是让人松了口气。

我听到那声音往门边走去，在没有开门闩或锁的情况下就出去了，在那阴森的过道里游荡而去，走过每一块地板和托梁时，都要踩下去，搞得"吱呀吱呀"响——过了一会儿，又是四下寂静，鸦雀无声。

心绪平复之后，我对自己说："这只是一场梦，一场噩梦而已。"于是我躺在那里，仔细思考这件事，直到说服自己这真的是场梦。于是我发出宽心的笑声，双唇也松动了，又快乐起来。我起身点了盏灯，看到门锁、门闩都和之前一样没人动过，又从心底漾起一阵释然的笑，并在唇边舒展开。我拿起烟斗点燃，刚在炉火前坐下，烟斗就从我无力的指尖掉落。我双颊血色尽失，本来均匀平静的呼吸突然变成一声大喘息！就在炉底的灰烬中，在我自己的脚印旁，还有一个脚印，巨大无比，我的和其一比，仿佛婴儿！这么说来，是有人到过我这里，那么大象一般的脚步声就可以解释了。

我熄了灯，回到床上，吓得抖若筛糠。我躺了很长时间，一直直勾勾地盯着眼前的一片漆黑，竖起耳朵听着周围的动静——我听到头顶传来刺耳的摩擦声，像是楼上有谁在把某样沉重的东西从地板上拖过去，接着又把那东西狠狠扔下。那震动让我的窗户都摇晃起来。我听到从同一栋楼远处的某些地方传来隐隐的摔门声，又间歇地听到外面传来窸窸窣窣的脚步声，从走廊进进出出，在楼梯上上下下。

有时候这些声音会往我门边来，犹豫停顿片刻，又渐远了。我听到从远处的走廊传来锁链轻微的叮当声，小心地听了一会儿，那叮当声越来越近——拖着铁链的鬼在前进，无力地登上楼梯，每走一步，松垮的铁链就落下来，敲打在台阶上，发出重重的咔嗒声。我听到有人在低声抱怨着什么，以及似乎被猛然压制下去，只发出一半的尖叫；还有看不见的衣物在沙沙作响，看不见的翅膀在呼呼扑闪。

接着我才意识到，有东西闯入了我的房间——这里面不是只有我一个了。我听到床边传来叹气声与呼吸声，以及神秘的耳语。三团闪着淡淡磷光的小球出现在我头顶正上方的天花板上，悬停在那里闪烁了片刻，然后就掉了下来——两个掉在我脸上，一个掉在枕头上。小球如水珠般溅开来，给人暖暖和和的感觉。直觉告诉我，下落的时候它们已经变成一团团血球——这一点我并不需要点灯来看个究竟。

接着我看到了无生气的苍白面孔，闪着朦胧的光；还有惨白的手，没有身体的依托，就那样高高举起，飘浮在空气中——飘浮了一会儿，便无影无踪了。悄声耳语停止了，所有的说话声与杂声也没有了，之后就是一阵肃穆的沉默。我等待着，聆听着。

我感觉自己要么点亮灯，要么就得死。在恐惧的折磨下，我已十分脆弱。我慢慢坐起身来，脸突然碰上一只湿冷黏滑的手！我瞬间吓得浑身无力，像病弱的伤员一样倒了下去。接着我又听到衣物在沙沙作响，像是从门口穿出去了。

等一切重归寂静，我爬下床，病弱无力，用一只像是瞬间老了百岁、颤抖个不停的手去点燃了煤气灯。灯光亮起来，我的精神也稍微振奋了一点。我坐下来，开始迷迷糊糊地注视炉灰里留下的那个巨大脚印。不一会儿，脚印的轮廓晃悠起来，变得模糊。我抬头一看，本来燃得很旺的煤气灯火焰正慢慢变得萎靡不振。

也是在这个时刻，我再次听到那大象一般的脚步声，感觉它沿着那弥漫着霉味的走廊，离我越来越近，而灯火也越来越微弱。那脚步声来到我门前就停住了——灯火已经减弱成惨淡的青蓝色，我周遭的一切都被笼罩在幽灵般的朦胧暗光中。房门没有打开，但我感觉脸上拂过一阵微风，不久就明显感觉到眼前有个模模糊糊的大东西。

我用神魂颠倒的眼神注视着它。那东西隐秘地发出一阵苍白的光，那模糊朦胧的一团逐渐变得清晰——出现了一条胳膊，接着是腿，然后是躯干，最后是一张巨大的悲伤脸庞，从一团水汽之中向外张望。那层薄膜般的外壳彻底褪去——他全身赤裸，肌肉发达，一表人才。啊，这在我头上若隐若现的，竟是威严无比的卡迪夫巨人[1]！

我的痛苦和恐惧全都消失了——就连小孩儿都能明白，这样一张慈眉善目的面孔，绝不会对别人造成任何伤害。我立刻恢复了欢快开朗，那煤气灯的火焰也像知道我的心事，

---

[1] 卡迪夫巨人：雪茄制造商乔治·赫尔在一八六七年之后编造的一个虚假故事，他还制造了一尊巨人雕像来佐证这个谎言，后来引起一系列风波。这个行为后来被称为"十九世纪最精心设计的恶作剧之一"，该案也是《卡皮托山的维纳斯传奇》的灵感来源。

再次腾跃起来。即便是孤身一人的弃儿欢迎同伴,也不如我问候这友善的巨人一样兴高采烈。我说:

"怎么,没有别人,只有你一个吗?你知道吗,过去两三个小时,我都要吓死了。见到你我是真的真的太高兴啦。要是有你能坐的椅子就——哎呀,哎呀,别去坐那个东西——"

为时已晚。我没来得及阻止他,他就不请自行,往下一坐——我这辈子从没见过一把椅子碎成那个样子。

"停下,停下,你会毁了所有——"

再次为时已晚。又是一声巨响,另一把椅子也化成了最初的碎片。

"该死,你都不动动脑子吗?你想把这家里所有家具都毁了吗?过来,过来,你这个石头做的傻蛋——"

真是白费口舌。我还没来得及抓住他,他就一屁股坐在床上,我悲伤地见证了床的毁灭。

"这到底是怎么回事啊?你先是跑到这里来到处磕磕碰碰的,又带来一大群孤魂野鬼,把我吓得要死。还有,除了在那种体面的戏院里,任何地方的有教养的人们,都绝不会容忍不体面的着装。但即便是在戏院里,你这样浑身精光,也是不行的啊。这些我都选择视而不见。你是怎么回报我的呢?一屁股把所有的家具都给毁掉了。你为什么要这样呢？你给我带来了损失，同时也伤了自己啊。你的脊骨根儿已经碎了，屁股上的碎石块掉在地上，把这地方搞得像个大理石场。你应该为自己羞愧——你是个大人了，该懂事的。"

"好吧，我不会再弄坏任何家具了。但我能怎么办呢？整整一个世纪，我都没找到机会坐下来。"他的眼中泛起泪光。

"可怜的家伙，"我说，"我不应该对你那么凶的。哎，再说你肯定也是孤零零的。那你坐在这块地板上吧——别的东西也受不住你的重量——而且，你要总是在我面前这么高高在上的，我也没法跟你交流啊。我希望你低下来一点，这样我就可以坐在这张账房的高脚凳上，和你面对面地拉点家常了。"

于是他坐在地板上，点燃我给他的烟斗，把我的一张红毯子甩起来搭在肩上，把我的坐浴盆倒过来扣在头上，当个头盔戴，看上去很别致，他自己也舒舒服服的样子；接着，在我给炉子添柴续火的时候，他伸直腿，一只脚踝放在另一只上面，让那双巨大的脚对着温暖舒适的炉火，露出那平坦表面上有很多小洞，如蜂巢一般的脚底。

"你的脚底和腿肚子怎么啦，怎么凿得这么坑坑洼洼的？"

"是地狱般的冻疮啊——一直生到了我的后脑勺，是当我住在纽厄尔农场的地下时得的。但我很喜欢那个地方，喜欢得就像自己的老家。我在那儿感受到的安宁，是在别处没有享受过的。"

聊了半个小时以后，我注意到他满脸倦容，就说了出来。

"累？"他说，"嗯，我想应该是累了。现在我就把那些话全都告诉你，因为你待我这样好。我是躺在街对面博物馆里那具石人的魂魄，就是卡迪夫巨人的鬼魂。除非他们把那具可怜的躯体再次埋葬，否则我就一天也不得安息。那么，要让人满足我的愿望，最顺理成章的做法是什么呢？就是把他们吓得必须行动！让那躯体躺着的地方闹鬼！所以我整夜整夜地在博物馆里闹啊，甚至还让别的鬼魂帮我。但根本没用，因为没人会在午夜时分到博物馆来。

"于是我想到，不如到这边来，在这个地方稍微闹一闹吧。我感觉，只要能有人听我说话，这事儿就能成，因为地狱为我配备了最得力的伙伴。我们整夜整夜地在这发霉的走廊里晃来晃去，拖着铁链，咕哝叫着，小声说话，顺着楼梯上上下下，一直到……实话跟你说吧，我几乎已经筋疲力尽了。

"然而，今晚，我看到你房间里亮了灯，就再次打起精神，拿出以前的干劲来，全力闹了一场。但我实在太累了——完全垮掉了。我求求你，就给我一点希望吧！"

我一阵激动，从座位上跳下来，大喊道：

"真是再没有比这更聪明的办法了啊！前无古人啊！你这又老又蠢的可怜化石啊，又是何苦呢，你这些劲儿全白费了啊——你这是在跟自己的一个石膏模型纠缠不清呢——真正的卡迪夫巨人在奥尔巴尼呢！（这是事实。骗局的最初产物被巧妙地复制了，也是用来骗人，在纽约展出，号称是卡迪夫巨人的'唯一真品'，而真巨像的主人对此表示难以言语的憎恶。与此同时，真巨像在奥尔巴尼的一家博物馆里，吸引着大量访客。）真糟糕啊，你难道连自己真正的遗体在哪里都不知道吗？"

我还从来没见过谁的脸上显露出如此明显的羞愧、耻辱和可怜。

石人慢慢站起来说：

"实话告诉我，你说的是真的吗？"

"就像我坐在这里一样真真儿的。"

他拿掉叼在嘴里的烟头，放在壁炉架上，踌躇不定地站了一会儿（出于过去的习惯，他无意识地将双手往原先马裤口袋所在的地方插去，下巴垂到胸膛，陷入沉思）。终于，他又开口了：

"哎，我还从来没有这么荒唐的感觉。石化巨人把其他人都骗住了，现在这下作的骗局，竟然是以出卖他自己的鬼魂收场！我的孩子，如果你心里还对我这个友善又可怜的鬼魂存有一点点怜悯，就别把这事说出去吧。想想，换作是你，做了这么蠢的事情，又会作何感想呢？"

我听着他那威严坚实的脚步渐行渐远，一步一步地下了楼，走到空无一人的街道上。这可怜的家伙，他走了，我还挺惆怅的——更惆怅的是，他把我那条红毯子和坐浴盆也带走了。

我的表

我那只漂亮的新表已经运转了十八个月,没有慢过,也没有快过;内部的各个零件从没坏过,也没有停过。于是我不免万分仰赖它来确定一天中的几点几分,也觉得它的结构组织会永远运行下去。然而,就在一天晚上,我终究还是把它弄坏了。对此我悲痛万分,仿佛是熟识的信使找上门,带来大祸即将临头的预言。但过了一阵子,我也振作起来,凭着猜测调一调表盘上的时间,努力驱赶心中不祥的预感与迷信。

一天,我走进一家大珠宝店,去对准确的时间。店主从我手中接过表,帮我对好时间。接着他道:"这表慢了四分钟——调速器得拧一拧。"我想出手拦住他——努力跟他解释这表的速度完全没问题。但他就是不听,这榆木脑袋就只知道这表慢了四分钟,必须要把调速器拧一拧。于是乎,我在一旁急得团团转,恳求他不要碰我的表,但他还是面不改色、心狠手辣地干下了这无耻的勾当。

我的表开始走快了,一天比一天更快。不到一个星期,我这表就像发了高烧的病人一样,即便是在阴凉的地方,脉搏也能飙升到一百五。两个月过去了,全镇的钟表都已经被它远远甩在了后面。它显示的时间已经比历书上快了十三天多一点儿。现实中还是十月,树叶还在慢慢变色,我的表已经进入十一月享受雪景了。这表催着我赶紧交房租、还债,完成各种事情,叫我焦头烂额。日子再也过不下去了。

我把它带到一个表匠那里去修,表匠问我这表以前修过没有,我说没有,这表一直很好,不用修。表匠面露奸佞的喜色,忙不迭地撬开表壳,把一个小骰子盒安在一只眼睛上,将内部仔细查看了一番。他说除了调时间,这表还需要清理和上油——一个星期后来取。

经过清理、上油和调整时间,我的表又慢了下来,那滴滴答答的走字声,慢得就像钟声悠扬。我开始赶不上火车,错过所有的约见,赶不上晚饭。我的表把付账的三天宽限期拖长到四天，弄得我被债主埋怨。渐渐地，我回到了昨天，又回到了前天，甚至回到了上个星期。过了一阵子，我突然明白，自己正孑然一身、孤独无依地徘徊在上上个星期，世界已经把我甩得没影儿了。我感觉自己内心仿佛有种私密的情愫，与博物馆中的木乃伊惺惺相惜，渴望与其交流新闻，互通有无。

于是我又去找了个表匠。趁我等在那儿的工夫，他已经把那表拆得七零八落，说是发条盒"有鼓胀"，交给他，三天就能修好。

这次修理过后，这表只能说是差强人意，并没有什么出色表现。它每天有半日光景弄得像闹鬼一样，发出各种响声，像犬吠，像哮喘，像咳嗽，像喷嚏，像呼噜，搞得我心烦意乱，没法想别的事情。只要在这种状态下，我们的国土上绝没有别的钟表能快得过它的。但剩下的半日，这表又会越走越慢，慢悠悠地走字，走到之前甩下的那些钟表又赶了上来。这么一来，一天二十四小时将尽时，它又会加速，往裁判台飞奔，刚好赶上，分秒不差。平均来说，这表走字不快不慢，报时不前不后，也没人能说它干得不够，或者干得太过。

然而，平均准确，对钟表来说，也不过就是应当应分的。于是我又带着这物件去找了另一个表匠。他说是表的

"中枢轴[1]"坏了。我说,不是更严重的问题我就谢天谢地了。说句实话吧,我根本就不知道什么是"中枢轴",但面对这么个陌生人,我可不想显得很无知。

这个表匠修好了中枢轴。但这个表啊,修好了这儿,那儿又出了毛病。它总是走一阵儿,停一阵儿,再走上一阵儿,如此循环往复,这中间间隔多少时间,全凭表高兴。每次重新走字时,这表总是爆发出步枪一样的后坐力,为此我一连几天都穿着护胸,不过最终还是带着表去找了另一个钟表匠。对方把表全部拆开,把那些零件放到寸镜下面,翻来覆去地看,然后说应该是"微力扳机[2]"出了问题。他修好以后,又让这表焕然一新。

这下,表运转得不错了,但总是在差十分钟十点的时候,指针会像剪刀闭合一样,重叠在一起,那之后就形影不离地一同遨游了。就算是这世上最长寿的老人,拿着这么一块表,也不可能知道究竟几点几分了。于是我又拿着这东西去修。

这次找的这个人说,是表内部的石英变形了,主发条也扭曲了。他还说,得钉个前掌[3]。他把这些问题都修复了,

---

1 中枢轴:汽车中用于链接底盘和车轴的螺栓。
2 微力扳机:枪支上用于发射弹药的零部件。
3 用于鞋履修补。

从此我这个计时工具的表现简直无懈可击。只不过时不时地，在安静运转将近八个小时后，内部的所有零件会突然一齐解放天性，像蜜蜂那样"嗡嗡嗡"地响起来。几个指针也会立刻开始转啊，转啊，转得飞快，完全失去了各自为政的独立性，在表盘上形成了一张繁复的蜘蛛网。六七分钟之内，这表就能走完二十四个小时，然后砰的一声戛然而止。

我怀着沉重的心情，又去找了个表匠。这次他拆表的时候，我就在一边盯着，还打算严厉地盘问他一番，因为问题越来越严重了。我起初买这表也就花了两百美元，但光是修它就已经花去了两三千。我等在一旁盯着他修表，不一会儿就发现这个表匠是个老熟人——他过去在一条轮船上做工程师，也不太出色。他和前面几位表匠一样，仔仔细细地检查完所有零件，又用和那些同行同样自信的态度，说出了自己的判断。

他说：

"这表放汽太多了哦，你要把猴子扳手挂到安全阀上[1]！"

我当场开枪爆了他的头，然后自己出钱把他埋了。

---

[1] 安全阀和猴子扳手都用于锅炉，结合前文的"放汽"，表匠所说的都是轮船上的工作内容。

我的叔叔威廉（已故，呜呼！）曾说，一匹好马，只要从来没偷跑过，就一直是一匹好马；一块好表，只要从来没让修表匠逮住机会修它，就一直是一块好表。他还总是好奇，那些没混出名堂来的补锅匠、修枪的、鞋匠、工程师还有铁匠，后来都干什么去了。但也从来没人能告诉他。

麦克威廉斯夫妇应对白喉

（本书作者在一次旅行中，偶遇了麦克威廉斯先生，一位礼貌友善的纽约绅士。以下是他对作者的口述。）

啊，我刚才跟你解释了一下膜性喉炎（即"白喉"）这种可怕的不治之症是怎么席卷和摧毁全城，把所有当妈的都吓疯了的。这就扯远了，还是回过来讲刚才的事情。我叫麦克威廉斯太太注意小佩内洛普的情况，说：

"亲爱的，换作是我，就不会让这孩子嚼那根松枝。"

"大宝贝啊，这又有什么坏处呢？"她说，但同时又准备拿走那根松枝。因为女人即便是面对最有道理不过的建议，也不会先接受，而是要争论一番。我说的是已婚妇女。

我回她："我的爱，大家都知道，松枝是最没有营养的木头，小孩儿还是不要吃的好。"

我妻子正伸手要去拿走那根树枝，这下停住了，自顾自地缩回去放在膝上。她扬起头，明显是生气了：

"我的丈夫，你肯定知道这话没道理啊。你肯定清楚的。医生们都说松树里面的松脂可以缓解背痛，还补肾。"

"啊——那是我误会了。我都不知道孩子的肾和背出了毛病，咱们的家庭医生推荐的是——"

"谁说孩子的背和肾出了毛病？"

"我的爱，这不就是你想说的吗？"

"你怎么会这么想！我根本没有这个意思。"

"怎么，亲爱的，两分钟都还没过呢，你刚才说——"

"别管我说的了！我不在乎我说了什么。要是孩子想嚼松枝，就让她稍微嚼嚼，也没什么坏处，你也很清楚这一点。反正她想嚼就嚼。此时此刻就嚼！"

"不用说了，亲爱的。我现在明白了，你说得相当有道理，我今天就去订购两三大捆最好的松木。我的孩子们都可以尽情地享受，只要我——"

"哦，求你快去上班，让我清净清净吧。我随口说那么一句，你就非要抬杠。争争争，争个没完没了，你都不知道自己在说什么。你从来都不知道自己在说什么。"

"很好，就按你说的吧。但是你最后那一句逻辑上有点问题，就是——"

可是，我话还没说完，她就生气地走开了，还把孩子也带走了。那天吃晚饭的时候，她的脸色苍白如纸，对我说：

"哦，莫蒂默，又一个！小乔治·戈登也感染了。"

"白喉？"

"白喉。"

"他还有希望吗？"

"没有任何希望了。哦，我们怎么办啊？"

过了一会儿，一个保姆把小佩内洛普领进来道晚安，按照惯例在她母亲的膝前做了祷告。正说到"现在我要躺下安睡"时，她轻轻咳了一下！我妻子往后一倒，像是被死神打倒了。但紧接着她就站了起来，在恐惧的驱使下做出一连串的行动。

她吩咐把孩子的婴儿床从育儿室搬到我俩的卧房，并亲自跟过去确保执行。当然，她也拉着我一道过去了。我们迅速将各种事情安排好。我妻子的衣帽间里支了一张简易的床给保姆睡。但这下麦克威廉斯太太又说，我们离另一个孩子太远了，万一他晚上有了症状——她脸色又"刷"一下白了。小可怜。

我们又重新把婴儿床搬回育儿室，保姆也回去睡了。

我俩在紧邻育儿室的房间里支了一张床,就睡在那儿。

不过,不一会儿,麦克威廉斯太太又说,万一宝宝从佩内洛普那儿染上了怎么办?想到这个,她心里又恐慌起来。我们几个一起,把婴儿床搬出了育儿室。我妻子对这个行动速度不满意——尽管她自己也亲自出力,还在紧张忙乱中差点把那小床拉扯得七零八落。

我们搬到了楼下,但那儿没有保姆落脚的地方;麦克威廉斯太太又说保姆经验丰富,能给我们提供无价的帮助。于是我们又大包小包地,再次回到了自己的卧房,感觉非常愉快,就像遭受风暴冲击后的鸟儿,又找到了过去安身的巢穴。

麦克威廉斯太太飞奔去育儿室察看情况。片刻之后她回来了,又在为什么事担惊受怕。她说:

"小宝贝怎么会那样睡呢?"

我说:"怎么啦,亲爱的,小宝贝都是睡得很沉的。"

"我知道,我知道。但他睡的样子有点奇怪。感觉他——他——呼吸太均匀了。啊,太可怕了。"

"可是,亲爱的,他呼吸一直都很均匀啊。"

"哦,这我知道。可是现在总感觉有点可怕。他的保姆太年轻了,也没有经验。玛利亚应该跟她一起留在那里,出了什么事儿马上就可以帮忙。"

"这个主意不错,但是谁来帮你呢?"

"你帮我就完全足够啦。反正,现在这种时候,我什么事儿都会亲自做,也不会允许别人帮我。"

我说,要是我躺在床上舒舒服服睡觉,留她一个人疲惫地守一整夜,辛苦地照料我们的小病人,我心里会很过意不去的。但她好说歹说,说服了我。于是老玛利亚就离开了,回到育儿室里的老地方。

佩内洛普在睡梦中咳了两声。

"哦,那个医生怎么还不来?莫蒂默,这个房间太热了,肯定是太热了。关上调风口——快!"

我关上了调风口,同时看了一眼温度计,想着二十一摄氏度对一个病孩儿来说算不算太热。

这时候,马车夫从城里赶来,通知我们说医生病了,卧床不起。威廉斯太太用绝望的眼神看着我,又用绝望的声音说:

"天要亡我。这就是命运的安排吧。他以前从没生过病,从来没有。我们没有按照应该做的那样生活,莫蒂默。我一而再再而三地跟你说这个问题。现在你看看后果吧。我们的孩子不会好了。要是你能原谅自己,那就谢天谢地吧,我是永远不可能原谅自己的。"

我说我是没有看出来过了什么恣意放荡的生活,我没有伤害她的意思,只是一时大意,用词不当。

"莫蒂默!你是想让宝宝也遭报应吗?!"

说着她就哭了起来,但突然又大喊:

"医生肯定送了药来!"

我说:

"当然。药就在这儿。我只是一直在等你给我机会说话。"

"啊,那快给我啊!你不知道现在每一秒都很珍贵吗?但是,他明知道这病没的治,送药来又有什么用呢?"

我说,只要孩子还活着,就有希望。

"希望!莫蒂默,你根本不知道自己在说什么,就跟没出生的孩子似的。麻烦你了——我看看啊,说明是每小时一次,一次一茶匙。每小时一次!——就好像我们还有整整一年时间能救这个孩子似的!莫蒂默,求你快点——给那垂死的可怜小家伙满满一汤匙——尽量快点!"

"哎呀,亲爱的,一汤匙未免——"

"你别把我逼疯了!……好啦,好啦,好啦,我的宝贝,妈妈的小乖乖,这东西是很苦很难吃,但是对小洛普好呀——对妈妈的乖宝贝好,会让她好起来的。好啦,好啦,好啦,把小脑袋靠在妈妈怀里,乖乖睡吧,很快——哦,我知道她活不到早上!莫蒂默,也许每半小时喂一汤匙可以——哦,孩子还需要颠茄镇痛,我知道她需要——

乌头也拿来止痛。去拿啊，莫蒂默。这个时候了，一定要按照我的话去做。你对这些一窍不通。"

我们睡下了，小床就紧靠在妻子的枕边。这么乱哄哄的一晚上，我已经累得筋疲力尽了。我睡熟过去不到两分钟，麦克威廉斯夫人又把我叫醒：

"亲爱的，调风口开了吗？"

"没有。"

"我就知道。求你马上打开。这个房间太冷了。"

我把调风口打开，接着又睡了过去。然后又被叫醒了：

"爱人，你把小床搬到你睡的那边儿去可好？离调风口近一些。"

我搬了，但被地毯绊了一下，孩子醒了。妻子哄孩子的时候，我又迷迷糊糊地睡着了。但不一会儿，我又在蒙眬睡意之中听到有人在嘟哝：

"莫蒂默，要是有些鹅油就好了——你去按铃叫一下人好吗？"

我睡眼惺忪地爬下床去，踩在了猫的身上。猫发出抗议的叫声，要不是被一把椅子挡了一下，我这一脚会让它马上听话。

"喂，莫蒂默，你干吗要开煤气灯，又把孩子惊醒了？"

"因为我想看看自己伤得怎么样，卡罗琳。"

"哎呀,那你也看看那张椅子吧——我敢肯定是坏了。可怜的猫咪,我估计你——"

"现在我不想做出任何跟猫有关的估计。要是允许玛利亚守在这儿,负责这些事情,这事儿就永远不会发生。这些事儿本来就是她擅长做的,我不行。"

"哎,莫蒂默,你竟然说出这种话,我觉得你应该感到羞愧。真难过,我就叫你做几件小事,你也做不好,还是在这么难过的时刻,我们的孩子——"

"好了,好了,你说什么我都去做。但我按这个铃叫不醒任何人的。她们都睡了。鹅油在哪儿?"

"育儿室的壁炉架上。请你到那间房去,跟玛利亚说——"

我取来鹅油,又睡着了,接着又被叫醒了:

"莫蒂默,我也不想打扰你,但是房间还是太冷了,我没法涂这个东西。请你生个火好吗?什么都有,用火柴点燃就行了。"

我勉强钻出被窝,生了火,闷闷不乐地坐了下来。

"莫蒂默,别坐在那儿,会重感冒的。来床上睡。"

我刚要上床,她又说:

"等等,你再给孩子喂点药吧。"

我照办了。孩子吃了药,精神多少好了一些,我妻子就利用孩子醒着的这段时间,把她衣服都脱了,全身涂满鹅油。我很快又睡着了,但又被迫醒来。

"莫蒂默,我感觉有风。很明显的感觉。这病最怕的就是吹风。请你把小床挪到火炉前面。"

我照办了,又被地毯绊了一下,我就把那破毯子扔进了火堆。麦克威廉斯太太从床上跳起来去抢救毯子,我们拌了两句嘴。我又小睡了一会儿,然后又应她的要求起了床,捣了一份亚麻籽药膏。这药膏被敷在孩子的胸口,发挥治疗作用。

木柴生火不是一劳永逸的事情。我每二十分钟就得起来一次去添木柴,这样一来麦克威廉斯太太就有机会把喂药间隔时间缩短十分钟,她对此非常满意。在这些事情的空闲之中,我要时不时再调制一些亚麻籽药膏,还要把芥子泥和其他几种起疱剂抹在孩子全身上下仅剩的皮肤上。好嘛,快天亮的时候,柴要烧完了,我的妻子希望我到地下室去,再多拿点柴上来。我说:

"亲爱的,这事儿太费力气啦,孩子添了那么些衣服,肯定够暖的了。现在我们要不再给她涂一层药膏,然后——"

我话没说完,因为被打断了。我又花了点时间,从地下室用力拖了些木柴上来,然后钻进被窝,打起呼噜来。一个人只有到了力气全部用尽，精神也疲惫不堪的地步，才会这样。天大亮的时候，我感觉被人紧握住了肩膀，一下子惊醒了。我妻子正俯身瞪着我，气喘吁吁。她一把舌头捋直，就开口道：

"全完了，全完了！孩子在出汗啊！我们该怎么办？"

"哎呀，你吓死我啦！我也不知道咱们该怎么办。也许应该把她擦干净，放在有风的地方——"

"哦，你太笨了！现在一刻也不能耽误！去找医生，你亲自去找。告诉他，管他是死是活，都得给我来！"

我把那可怜的病人从被窝里拽出来，带到家里。他看了下孩子，说她死不了。这带给我无法形容的喜悦，但我妻子却气疯了，就像他对她造成了人身侮辱。接着，医生说，孩子咳嗽，只不过是因为嗓子里受到了某种轻微的刺激。这话一出，我觉得我妻子是打算下逐客令了。医生又说，他要想办法让孩子咳得更厉害点，把刺激物给咳出来。于是他就给她吃了点什么，让她连着咳了一阵。很快，一小块碎木头一样的东西就被咳了出来。

"这孩子没有得白喉，"医生说，"她应该是之前嚼了松木之类的东西，喉咙里卡了些小木渣。对她没什么伤害。"

"是没什么，"我说，"我完全相信这一点。是啊，松木里的松脂对某些儿童经常患的疾病有特效。我妻子会告诉您的。"

但她没有。她一脸不屑地转过身,走出了那间屋。从那以后,我们的生活中就有了一段大家再也没有提起过的经历。因此,时光就毫无波澜地过去了。

(很少有已婚男子经历过麦克威廉斯这样的事情,因此本书作者认为,也许这样的新鲜事能带给读者片刻的乐趣吧。)

麦克威廉斯夫人与闪电

那么，先生——麦克威廉斯先生如是继续道，因为他并非从这里才开始说话——对闪电的恐惧，是所有折磨人类的病之中最叫人痛苦的一种。大部分生这病的都是女人，但偶尔你也会发现小狗有这病，有时还有男人。这病叫人特别痛苦，因为与其他恐惧相比，它最能叫人丧失一切刚毅果敢。一个女人，即便够胆面对魔鬼本人（或者一只老鼠），也会在闪电划过之时无法自持，吓破了胆。她那样的恐惧，会叫人心生怜悯。

好的，就像刚才跟您讲的，我当时醒过来了，听到哀号灌入耳中，不知哪里有人闷声在喊："莫蒂默！莫蒂默！"

我一勉强回过神来，便在黑暗中伸出手去，问道——

"伊万杰琳，是你在喊吗？怎么了？你在哪里？"

"关在储物柜里呢。外面的暴风雨这么可怕，你还躺在那儿睡成这样，真该为自己感到害臊。"

"怎么，睡觉的时候还怎么害臊啊？这话真是没道理。睡觉的时候是不会害臊的，伊万杰琳。"

"你从来没努力过，莫蒂默——你自己也很清楚，自己从来没努力过。"

我听到闷声的啜泣。

这哭声击退了我话到嘴边的犀利言辞，我改口道——

"对不起，亲爱的，真是抱歉呢。我也不是故意那样做的。快回来睡吧——"

"莫蒂默！"

"天哪！怎么了，亲爱的？"

"你是想说你已经上床了吗？"

"怎么了，当然已经上床了啊。"

"立马给我下来！我还以为你至少有那么一点惜命，即便不为了你自己，也要为了我，为了孩子们想想。"

"但是，我亲爱的——"

"别跟我说啦，莫蒂默。你很清楚，在这种雷暴交加的时候，世界上最危险的地方就是床——所有的书上都这么说。但你就偏要躺在那儿，存心想送命——天知道你是怎么想的，反正就是要毫无必要地同我吵啊，吵啊——"

"哎呀，伊万杰琳，你真是叫我糊涂了，我已经不在床上了，我——"

（突然亮起一道闪电，我的话被打断了。接着，麦克威廉斯太太发出十分恐惧的小声尖叫，伴随着一阵轰隆的雷声。）

"你看吧！这就是后果。哦，莫蒂默，你怎么敢这么放肆，在这样的时候骂人啊？"

"我没骂人。而且那怎么也不是骂人的后果啊。就算我一个字儿都没说，也会来的啊。你也很清楚的，伊万杰琳——至少你应该知道——大气里面充满电的时候——"

"哦，行啊，现在来吵，吵啊，吵啊！——我真不懂了，你明明知道顶上没有避雷针，你可怜的妻子和孩子完全要靠上帝的仁慈才能活下来，你居然是这样一副样子。你在干什么？——在这样的时候点火柴！你彻底疯了吗？"

"岂有此理，女人！到底有什么不行的？这地方一片漆黑，像异教徒的内心，而且——"

"灭了！马上给我灭了！你是想让我们都死吗？你明知道最能招闪电的就是亮光。（噗嗤！——哗啦！砰——轰隆——砰——砰！）啊，你听听啊！现在你总明白自己做了什么吧！"

"不，我不明白自己做了什么。我只知道，火柴可能会招来闪电，但不会引起闪电——这个我敢打赌。再说这次也根本不是火柴招来的。要是那阵闪电瞄准了我的火柴，那可真是准头不好啊——要我说，按着准头，就是打个一百万次，也一次都中不了。哎，在多利蒙特靶场，像那样的枪法——"

"你可真丢人，莫蒂默！我们现在就直面着死神，在这么沉重的时候，你居然还能那样说话。要是你毫无——莫蒂默！"

"又怎么了？"

"你今晚做祷告了吗？"

"我——我本来想做的，但我一直想算出十二乘以十三等于多少，所以——"

（噗嗤！——砰——噗隆——砰！砰隆砰隆砰——哗啦！）

"哦，我们完了，无论如何没救了！在这样的时候，你怎么能忘记这样的事情呢？"

"但是根本不是什么'这样的时候'啊，当时天上一朵云都没有。我怎么能知道，就那么点儿小疏忽，就惹来这么一场大乱子啊？而且我觉得你这么小题大做，可真是太不公平了，这种情况本来就很少见。自从四年前我招来了那场地震,之后就没有忘记过。"

"莫蒂默!你怎么说话呢!你忘了那场黄热病吗?"

"亲爱的,你老是把那场黄热病推到我头上,我觉得这完全不讲道理啊。就算是拍电报到孟菲斯,中间也要转几次。只有一次没祷告这种小事,怎么可能对那么远的地方造成影响?地震我认了,因为就在我们这附近。但要是我需要为每次事故负责,那我可就太——"

(噗嗤!——砰噗隆砰!砰!——砰砰!)

"哦,天哪,天哪,天哪!肯定是击中了什么东西,莫蒂默。我们是活不到明天了。我们死了以后,你要是还记得你那些混账话,这有什么好处——莫蒂默!"

"喊什么!又怎么了!"

"你的声音听起来像——莫蒂默,你就站在那个敞开的壁炉前面吗?"

"我正是在犯着这样的罪。"

"走开,现在就走开!你好像是存心要把我们都毁了啊!你难道不知道,露天的烟囱是闪电最好的导体吗?这下你又到哪儿去啦?"

"我站在窗户边上呢。"

"啊,上天慈悲,你是不是疯了啊?马上走开,现在就走开!就算是被抱在怀里的小孩儿都知道,雷暴的时候站在窗户边上,这可是要命的啊!天哪,天哪,我就知道我活不过明天了。莫蒂默?"

"怎么了?"

"怎么窸窸窣窣的?"

"是我。"

"你在干什么?"

"在找我那马裤的裤腰。"

"赶快,把那些东西都扔了!我倒是相信你会在这样的时刻存心穿上那些衣服。但是你很清楚啊,所有的专家都认为毛料会引来闪电。哦,天哪,天哪,被自然灾害送命还不够吗?你还要想方设法地去增强危险。哎,别唱歌!你到底在想什么啊?"

"这又有什么问题啊?"

"莫蒂默,要是我跟你说过一次,那我肯定已经跟你说过上百次了——唱歌会在空气中引起振动,阻碍电流的流动,所以——你干吗要去开那个门啊?"

"我的上帝老天爷啊,女人,这又有什么问题啊?"

"问题?这是要送命的。但凡是对这个事情有点注意的人都知道,把风引进来,就是在把闪电引进来。你还没关好,要关紧——快一点,不然我们都完了。在这样的时候,跟一个疯子关在一起,真可怕啊。莫蒂默,你在干什么?"

"没什么,就是开一下水。这个屋子好闷啊,不通风。我想洗洗脸,洗洗手。"

"你当真是完全丧失理智了!闪电每击中其他东西一次,就会击中水五十次。一定要关上!哦,天哪,这世上肯定没什么东西能救我们了。我觉得——莫蒂默,刚才是怎么了?"

"是他妈——是一幅画,被我撞倒了。"

"那你就是在墙边了!从没听说过如此轻率的行为!你难道不知道,闪电最强的导体就是墙壁?赶快走开!而且你差点又骂人了。啊,你怎么能这么坏到极点,把你的家人放在这么危险的境地下?莫蒂默,你有没有按照我说的,订购一个羽毛褥子?"

"没有。我忘了。"

"忘了?这可能要了你的命!要是你有羽毛褥子,现在把它铺在卧房中间,躺在上面,你就绝对安全了。来这里,快进来,免得你一会儿又做出一些疯狂的事情。"

我试了,但那个橱柜太小,我俩都在里面就关不上门,除非两个人都心甘情愿被憋死。我气喘吁吁地待了一会儿,就挤了出去。我妻子大声喊道——

"莫蒂默,为了让你继续活下去,得做点事情。把壁炉架那头那本德文书给我,再给我一根蜡烛,但是别点燃——

给我一根火柴,我在这儿点燃。那本书里写了该怎么做。"

我拿到了书——中途碰碎了一个花瓶和另一些易碎的东西。那位女士拿到蜡烛关上壁橱门,暂时闭了嘴。我有了片刻的清净,然后她又喊起来——

"莫蒂默,怎么了?"

"没什么,猫而已。"

"猫!哦,完蛋了!抓住它,把它关在脸盆柜里。务必快点,亲爱的,猫浑身都带电。我就知道,今晚这可怕的危险之后,我怕是要一夜白头了。"

我又听到那闷声哭泣了。要不是为了这个,我是不会在黑暗中为这么荒唐的事情移动一丝一毫的。

不过,我还是开始执行任务了——我翻过几把椅子,又撞上了重重障碍,所有的都很坚硬,大部分都有尖尖的边缘——终于,我把小猫给关进了脸盆柜,代价是弄坏了价值四百多美元的家具陈设,还撞伤了小腿。接着,柜子里传来闷闷的说话声:

"书上说最安全的办法就是站在房间中央的一把椅子上,莫蒂默,椅子腿儿必须用非导体做绝缘处理。也就是说,你要把椅子腿儿放在玻璃杯里。(噗嗤!——砰!砰!——砰砰!)啊,你听听!快点,莫蒂默,别一会儿把你劈了。"

我费尽千辛万苦找到并摆好了玻璃杯。那是最后四个杯子——其他的都被我碰碎了。我给椅子腿儿做了绝缘处理，请太太做出进一步指示。

"莫蒂默，书上说，'雷雨期间，金属不要随意放置，如戒指、手表、钥匙等，不要待在有许多金属相邻或与其他物体相连的地方，如灶台、烤箱、铁栅栏等[1]'。这是什么意思呢，莫蒂默？是要把金属带在身上呢，还是离金属远点儿？"

"这个，我也搞不清楚啊，感觉有点含混——所有的德文建议都或多或少有点含混。不过，我觉得那个句子多半是用了与格，为了通顺，这里那里的，中间稍微插了点所有格和宾格。所以我觉得意思应该是要把金属带在身上。"

"嗯，肯定是这个意思。也很有道理。金属物品是跟避雷针一个性质的，对吧？那戴上你的消防头盔吧，莫蒂默，那个大部分都是金属。"

我找到头盔，戴上了——在这个密不透风的房间，这个闷热的晚上，这玩意儿可真是又重又沉又不舒服啊。就连身上那件睡衣都感觉是个累赘，不怎么需要了。

"莫蒂默，你的腰腹那里要保护好啊。你系上那把民兵

---

1 原文的这一段是德语。

用的军刀吧,好吗?"

我照办了。

"好了,莫蒂默,你得想办法保护自己的脚。请把马刺穿上吧。"

我也照办了——默默地照办了——尽量控制着自己的脾气。

"莫蒂默,书上说,'雷雨天是非常危险的,因为钟声本身,以及敲钟引起的气流和塔的高度都可能吸引雷电[1]'。莫蒂默,这意思是不是说,雷雨天如果不敲钟,就会很危险?"

"嗯,好像是这个意思——如果是单数主格的过去分词,那我认为应该是这个意思。嗯,我觉得意思就是说在教堂钟楼的高度上,没有"风",不在风暴的时候敲钟是很危险的;还有,你难道没发现,这个用词——"

"别管那个啦,莫蒂默,不要把宝贵的时间浪费在空谈上。去把那个大的用餐铃取来——就放在门厅的那个。快点,莫蒂默,亲爱的,我们就要安全了。哦,天哪,我相信我们终于有救了!"

我们这栋小小的避暑别墅,伫立在绵延的高山顶上,

---

1 原文的这一段是德语。

能够俯瞰到一个山谷。附近有几处农庄——最近的离我们大概三四百码[1]。

我站在椅子上，把那可怕的铃铛摇响了大概七八分钟，我们的百叶窗突然从外面被拉开了，一盏耀眼的牛眼灯从窗边猛地伸了进来，有人粗声粗气地问道——

"这儿到底出了什么事儿？"

窗玻璃上贴满了人脑袋，脑袋上全是一双双眼睛，粗暴地盯着我的睡衣，和我仿佛要上战场的行头。

我放下铃铛，一头雾水地从椅子上下来，说——

"没什么事儿啊，朋友们——只是因为雷雨天气，有点不舒服罢了。我正在努力避开闪电呢。"

"雷雨？闪电？怎么回事啊，麦克威廉斯先生，你是不是疯了？今晚天上全是星星，漂亮得很。没有雷雨啊。"

我往外一看，震惊得好一会儿说不出话。接着我说——

"这我就搞不懂了。我们很清楚地透过窗帘和百叶窗看到了闪电的光，还听到了雷声。"

那些人一个个笑得伏倒在地——还有两个真的笑死了。一个幸存者道：

"真可惜你们没想到打开百叶窗，看看那边的高山顶

---

[1] 码：1 码约等于 0.9144 米。

上。你们听到的是炮声,看到的是火光。跟你说了吧,午夜的时候电报来了,大家都听说了:加菲尔德[1]被提名为总统候选人了——就是这个事儿!"

是啊,吐温先生,就像我一开始说的(麦克威廉斯先生如是说),保护人类不被闪电击中的办法,是那么完善,数也数不清。对我来说,这世上最不可思议的事情就是,怎么会有人被雷劈呢?

他一边说着,一边把包和雨伞都收好,下了车。因为火车已经到了他的目的地城镇。

---

[1] 加菲尔德:指詹姆斯·艾伯拉姆·加菲尔德(James Abram Garfield, 1831—1881),一八八〇年当选为美国第二十任总统,上任四个月后遭到暗杀,是美国第二位被暗杀的总统。

一个有寓意的怪梦

前天夜里,我做了个非常奇异的梦。梦里我似乎坐在某个门阶上(也许是在某座不知名的城市中)沉思着,时间大概在午夜十二点或凌晨一点。天气温凉宜人,四周听不到一点人的动静,连轻微的脚步声都没有。真是死一般的寂静,几乎没有任何声音可以来反衬——除了远处偶尔传来空洞的犬吠,和更远的地方另一条狗更为微弱的回应。片刻之后,我听到街那头传来骨头敲击的"咔嗒咔嗒"声,猜想大概是唱小夜曲的人在敲响板。一分多钟之后,一具高大的骷髅出现了,头上罩着兜帽,身上半遮半露地穿了件褴褛发霉的寿衣,破烂的布条拍打着这个人的一条条肋骨。他威武庄严，大步流星地从我身边一晃而过，又消失在星光照耀下的幽暗夜色中。

骷髅肩上扛着一口被虫蛀坏的破烂棺材，手里拿着个什么包裹。我这才知道那"咔嗒咔嗒"的到底是什么声音——原来这个家伙一边走，关节一边在运转碰撞，胳膊肘敲击着身体两侧的骨头。我得说，这场景叫我吃了一惊。

我还没能收拾好思绪，仔细想想这离奇的鬼怪到底有什么预兆，就听到另一具骷髅正在走近，因为这次我听得出那"咔嗒咔嗒"的响声了。这次这个家伙的肩上扛着三分之二口棺材，腋下夹了头尾的棺材板。我真的很想往他的兜帽下面瞅一眼，跟他说说话。但等他从我身边走过，转头来对我笑，露出洞穴一般深陷的眼窝和暴凸的牙齿时，我想还是别耽搁他了。

他还没走远呢，我就又听到那个"咔嗒"声了，又一具骷髅从交错的光影之中现了身。这次这个驮着一块沉重的墓碑，被压弯了腰，身后还用绳子拖着一口简陋寒酸的棺材。他走到我身边，盯住我看了好一会儿，转过身，背对着我说：

"帮朋友个忙，把这个放下来，好吗？"

我把墓碑往下抬，直到稳稳地放在地上。这个过程中我注意到墓碑上的名字叫"约翰·巴克斯特·科普曼赫斯特",卒于"一八三九年五月"。骷髅死者疲惫地在我身边坐下,用颌骨去擦了一下自己的前胸——我估计主要是出于生前的习惯,因为我看不出他有什么汗水好擦的。

"太糟糕了,太糟糕了。"他说着把寿衣上仅存的破烂布条在身上裹好,闷闷不乐地用手托着下巴。接着他把左脚搭在右膝上,弯下腰,从棺材里掏出一截霉烂的指甲,心不在焉地挠起了踝骨。

"什么事情太糟糕啊,朋友?"

"哦,一切的一切。我甚至都希望自己根本没有死。"

"这就让我很吃惊了。您为什么这么说啊?出了什么问题吗?究竟是怎么回事呢?"

"怎么回事?看看这破破烂烂的衣服吧。再看看这墓碑,都不成样子了。看那个不像话的老棺材。一个人眼睁睁地看着他的全部财产被毁得一干二净,您还问他出了什么问题?简直就是十八层地狱啊!"

"冷静,请您冷静,"我说,"是很糟糕——确确实实是很糟糕,但您已经是目前这个状况了,我没想到您还这么介意这些事情。"

"这个嘛,我亲爱的先生,我是很介意这些事的。我的自尊心被伤了,我的舒适享受也被影响了——甚至可以说是完全被毁了。就让我来好好讲讲我的事——在您允许的情况下,我会用您能理解的方式来讲述。"可怜的骷髅如是说,一边把寿衣上的兜帽朝后摆动了一下,仿佛是在做好行动准备——这样一来他就不知不觉地流露出一种快活喜庆的感觉,和他目前生活(一个说法而已)的沉痛状况有着很大的反差,也和他愁苦的心情形成鲜明对比。

"请讲。"我说。

"我住在一个寒碜的老坟场里,离您这儿往上一两个街区,就在这条街上——就那儿。哎,我就知道那根软骨会掉!——从下往上数第三根,朋友,请您用绳子帮我把这软骨的一头拴在脊梁骨上吧——要是您身上凑巧有根绳子的话。不过,要是根银丝,那就更妙啦,而且更耐用,更得体,只要注意多擦擦,抛抛光——想想吧,像这样被碎成一块块的,就只是因为那些后人冷漠无情,疏于照顾!"

这可怜的鬼魂咬牙切齿,弄得"嚓嚓"响,我感到一阵儿难过,不禁打了个寒战——因为没了表面皮肉的包裹,这咬牙切齿的效果大大增强了。

"我就住在那老坟场里,像这个样子已经三十年了。我要告诉您,天地已经变了。想当初,我刚把这把劳累的老骨头放在那里,翻了个身,舒展腿脚准备长眠,心里不知道有多么舒服,想着从此以后再也没有烦扰,没有痛苦,没有焦虑,没有疑惑,没有恐惧——永远地与这些告别了。

"我带着与日俱增的心满意足,听着教堂的杂役们干活。第一铲土盖上我的棺材时,那哗啦一声还挺惊人的;到后来声音就越来越闷越来越小,到最后只剩下微弱的拍打声,我新家的屋顶就这么夯实了——太棒啦!天啊!我真希望您今晚就能试试!"

我正随着他的话浮想联翩呢,死者就伸出只剩下骨头的手,给了我响亮的一巴掌。

"是啊,先生,三十年前,我就那样躺下了,高高兴兴的。因为那地方当时还是偏远的乡下——微风习习,开满鲜花,大片的树林生长了多年,懒洋洋的风啊,与树叶窃窃私语,松鼠就在我们顶上和身边窜来跳去,爬虫们会来做我们的访客,一片幽寂静谧之中,回荡着鸟儿的鸣唱。

"啊,在那个时候,要是能早点死,少活十年也值了啊!一切都是如此宜人。我的邻里也很好,因为住在我附近的那些逝者,都出身自城里的名门望族。子孙们似乎也对我们的身后事极其看重。他们把那些坟墓维护得特别好,围栏总是定期修缮,确保没有损坏;棺材的前挡板会定期补漆或粉刷,只要一显出生锈或腐朽的迹象,就会马上换新的;墓碑总是立得笔直,栏杆完好无损,锃光瓦亮;玫瑰花丛与灌木丛也总能被精心修剪,漂亮规整,挑不出一丁点儿瑕疵;走道都打扫得干干净净、平平整整,碎石子铺得好好的。

"但那样的好日子已经一去不复返了。后人已经将我们遗忘。我的孙子如今住在一座气派的大宅里，修房子用的钱，还是我这双老手辛苦挣来的；而我呢，躺在一座无人过问的坟墓中，可恶的害虫侵入其中，啃噬我的寿衣，要拿去筑窝！我和与我一同长眠的朋友们，建立了这座美好的城市，并为其奠定了繁荣昌盛的坚实基础，结果那些我们曾经深爱的小毛孩子，却数典忘祖，任凭我们在那荒废的公墓中腐烂；这破地方被附近的邻居狠狠咒骂，陌生人经过也嘲讽耻笑。

"当年和现在相比，可真是变了天了！举几个例子您就知道了：如今我们的坟墓全都塌陷了，我们棺材的前挡板已经枯朽垮塌；我们的栏杆七零八落，就像个轻浮的人很不得体地把一只脚跷在空中，我们的墓碑也垂头丧气地倒下了；装饰也完全没有了——没有玫瑰，没有灌木，更别提什么碎石走道，哪怕一丁点儿赏心悦目的东西都没有；就连那没有油漆的老旧板墙——曾经也算是能做做样子，把我们和野兽区别开，也免得被行人不经意间践踏到——现今也逐渐摇摇晃晃，终于倒塌在路边。这只会给我们这片凄凉寒碜的长眠之地招来更多的嘲笑奚落。

"而且，现在我们的穷酸相和烂衣服，再也没法藏在那片友好的树林里了，因为城市的手越伸越长，可谓摧枯拉朽，把我们也圈了进来。我们那亲切的家园，再没有欢乐可言，只剩下一小片悲哀的树木还耸立着，它们对城市生活无比厌倦，把脚伸进我们的棺材中，眺望着雾蒙蒙的远方，希望到那里去生活。您听我说，这可真是太不像话了！

"您开始理解了——您有点明白是怎么回事了。我们的子孙，就在这城里，在我们的眼皮子上面，拿着我们的钱，奢侈地生活着。而与此同时我们呢，得苦苦努力，才能保证脑袋一直连着骨头。

"上天保佑啊，我们那公墓里没有一座坟是不漏雨的，一座都没有。每次夜里下雨，我们就得爬出来，在树上勉强歇歇，有时候还会被流进后颈窝里的冰冷的水突然惊醒。我还要告诉您，古老的坟茔曾经被大规模掀起，旧墓碑被推倒，那些个老骷髅只能惊慌失措地逃窜到树上去！

"上天保佑啊，要是您曾经在这样的夜里十二点以后去过那儿，也许就曾经看到过我们——足足十五个人，只靠一条腿站着，关节"咔嗒咔嗒"响着，特别吓人。寒风就那么从肋骨之间刮过去！多少次啊，我们就那么站在那里，一连站三四个小时，凄凉苦闷。然后再下来，全身都冻僵了，还昏昏欲睡，互相借用头骨，把坟墓里的水舀出来——您现在可以抬眼看看我嘴里，我往后斜着脑袋给您瞅瞅，您会看到我脑子里有一半都是干了的旧沉积物；有时候我被这些东西搞得多么头昏脑涨，恍惚蠢笨啊！

"真的，先生，要是您恰巧常常在破晓之前到那儿去，就会看到我们正把墓穴里的水舀出去，把寿衣挂在栏杆上晾干。说起这件事儿啊，一天早上，我有一件精美的寿衣，就在那里被偷了——我估计是个叫史密斯的家伙干的，他住的是那边的一个乱葬岗——我这么想，是因为第一次见到他时，他身上除了一件格子衬衫之外别无他物，而我上次在新公墓的联谊会上见到他，他俨然成了全场衣着最体面的尸体。他一看到我就走掉了，这可很能说明问题啊。

"之后不久，这里一个老太婆的棺材就丢了——一般她无论去哪儿，都会随身带着的，因为她要是在夜里露天待久了，就很容易着凉，患上痉挛性风湿，就是这个病要了她的命来着。她叫霍奇基斯——安娜·玛蒂尔达·霍奇基斯——您说不定认识她。她上边儿有两颗门牙呢，个子高高的，但就是特别喜欢弓腰驼背的，左边缺了根肋骨，一绺子黯淡的头发从左边头上耷拉下来，右耳朵上面稍微往前一点儿，还剩了小小的一簇头发，下巴的一边已经松动，用线缠着固定上了，左前臂有根小骨头没了——一次打架给打没的。

"她走起路来有点儿大摇大摆，趾高气扬的派头：双手叉腰，鼻孔朝天，行动总是轻松自如，但身体已经是七零八落，一把老骨头了，到后来简直像破烂的陶器货箱。——您说不定见过她？"

"保佑我别吧！"我不由自主地喊了出来，因为我不知怎的也没料到他会有此一问，稍微有那么点猝不及防。但我赶忙弥补了刚才的粗鲁举动，说："我只是说，我没那个荣幸——因为我绝不会故意这样用粗鲁的言辞冒犯您的朋友。您刚才在说您被偷了——而且这种行为很可耻——但从您身上穿的这寿衣剩下的料子来看，它完好的时候应该还是件挺贵的衣服呢。怎么——"

我这位客人的脸上浮现出最为阴森恐怖的表情，在他腐烂的五官与干瘪的表皮之间逐渐变得明显，我也逐渐紧张不安起来。结果他告诉我，自己只不过是想努力挤出一个发自内心的狡黠笑容，还要调皮地抛个媚眼，就是想暗示，他得到此刻穿在身上这件衣服时，旁边公墓有个鬼魂恰巧丢了一件。这下我才安下心来，但求他从此只用说话就好，因为我实在搞不清他的面部表情是什么意思。就算是他万分小心，也不太能达到想要的效果。尤其需要注意的就是不要笑。他可能真心诚意地认为那是一次灿烂美好的成功微笑，带给我的感觉却很可能大相径庭。我说，我也乐见一具骷髅高兴，甚至可以得体地玩玩幽默，但我并不认为微笑是骷髅擅长的表情。

"好的，朋友，"那可怜的骷髅说道，"我刚才已经把事实明明白白地告诉了您。两片这样的旧坟场——我住的那一片，还有隔得更远些的一片——如今我们的后代都故意不去管它们，到后面坟场里已经实在没有能待下去的地方了。除了骨头上不舒服——在这种的雨天，这可不是什么小事情——其他的东西也损毁严重。我们要是不搬走，就得眼睁睁看着自己的财物一天天腐坏，最终完全毁掉。

"哎，我说这话吧，您可能都不相信，但话虽如此，这一切都是真的——但凡是我认识的人，就没有一口齐全的棺材——这是个确凿无疑的事实。我说的不是那些地位低下，睡在松木箱子里被轻便马车拉进来的人；而是你们那种镶了银的高等棺椁，那种满含纪念性质的，出殡时被盖在黑色羽棉之下，后面跟着哀悼的队列，被送到最好的公墓里去的——就是像贾维斯家族、布莱索家族和柏林家族，就他们那样的人。他们也全都破败得差不多啦。

"他们哪，曾经可是我们这一群里最有钱的啦。现在看看他们，全是什么都没有的穷光蛋了。布莱索家有个人甚至还跟一个死了的酒吧老板做交易，用自己的墓碑换了新鲜的刨花，好枕在头下。

"告诉您，这可是很说明问题的，因为死人在这世上最能引以为豪的就是墓碑了。他特别爱读那上面的墓志铭，读久了自己都信了赞颂自己的话，然后您就会看到他整夜整夜地坐在围栏上欣赏那些文字。刻碑文花不了多少钱，但能让一个可怜的家伙死后得到极大的安慰，尤其是那种活着的时候老走霉运的人。我希望人们能多利用利用墓志铭。

"我现在不是想抱怨什么的，但咱们掏心窝子地说一句，我真觉得我的子孙们只给我立了这块旧石板子做墓碑，实在是有点寒碜——而且上面一句颂扬的话都没有。以前上面刻了一句：'他死得其所。'我最初看到的时候还挺骄傲的，但我逐渐注意到，只要我的老朋友一走到那儿，就会把下巴搭在栏杆上，拉长脸，一直读到那一句，自顾自地窃笑一番，然后扬长而去，一脸的称心如意。所以我就把这句给刮掉了，那帮蠢货也没再来找过不痛快。但死人总是很看重墓碑的。

"您看，这会儿那边就过来了六个贾维斯家的人，都带着家族墓碑呢。就在刚才，斯密瑟斯和几个他雇来的鬼，也抬着他的墓碑过去了。你好啊，希金斯，再见啦，老朋友！那是梅雷迪斯·希金斯——大概是（一八）四四年去世的吧——在公墓里跟我们是一起的——名门望族那一派的——他的曾祖母是个印第安人——我跟他特别熟——他没搭我的话，是因为他没听到我打招呼。还有，我也挺抱歉的，因为本来应该把您介绍给他的。您肯定会很崇拜他。

"他真是您难得一见的老骷髅，关节脱得最厉害，脊梁骨最凹陷，全身都走了形，但他特别有趣。每次他一大笑，那声音就像两块石头在擦来擦去，而且他一开始总是发出刺耳的快活尖叫，就像指甲划过窗玻璃。嘿，琼斯！这位是老哥伦布·琼斯——他那件寿衣花了四百美元——全套陪葬品，包括墓碑在内，花了两千七百美元。那还是（一八）二六年春天的事情呢，那时候排场可大了，连阿勒格尼山那些死人都大老远跑来看他那些东西——住我旁边那座坟里的家伙对当时的一切可是记忆犹新。

"唉，您看到那个人了吗，腋下夹着一块棺材前挡板，膝盖下面有一根腿骨不见了，身上什么都没穿就走过去的那个？那是巴斯托·达尔豪西。进来我们公墓的人里，要论穿得奢侈豪华，除了哥伦布·琼斯，也就是他了。

"现在我们都得离开。子孙后代这样对待我们，再也忍不下去了。他们开了新的公墓，却把我们留在这儿受辱。他们修缮了街道，却从来没有修缮过与我们有关或属于我们的东西。瞧瞧我那口棺材吧——我可要跟您说，这棺材在崭新的时候，随便摆在城里哪一间客厅，都是一件引人注目的陈设。您如果想要就拿去吧，我也没钱去修补了。给它弄个新底板吧，盖板也部分换换新，沿着左边加点新的内衬,您就会发现,这是您试过最舒服的一口棺材了。

"哎呀,不用谢啦,小事一桩。您对我这么彬彬有礼,我愿意把自己所有的财产都赠予您,不然就显得没良心啦。话说这条裹尸布也算得上是件好东西,您如果想要——不想?行,您说什么就是什么。但我是想要公平坦荡的——我可不是个小气鬼。

"再见啦,朋友,我必须得走了。我今晚可能要赶好长一段路——也说不清楚。只有一件事情是确定的,那就是我现在已经走上了迁居之路,我永远不会再躺回那片破旧的烂公墓了。我会一直跋涉,直到找到体面的落脚地,哪怕一直走到新泽西去呢。兄弟们全都要走的。

"集体迁居是昨晚的秘密集会上决定的,等到太阳出来的时候,我们原来住的那地方,一根骨头都不会剩下。这样的公墓也许适合我那些还活着的朋友,但不适合正荣幸地与您说这些话的老骨头。我的看法就是大家伙儿的看法。要是您还有所怀疑,就去看看那些决定离开的鬼魂在启程前是如何把东西都弄得乱七八糟的吧。他们尽情地展示着厌弃与仇恨,就像起了暴乱似的。

"好啊,这几个人是布莱索家的,如果您愿意帮我搬一把这块墓碑,那我就加入进去,和他们一块儿往前走啦。布莱索是个德高望重的家族,五十年前,我白天走在这些街道上时，会看到他们的灵车，都是六匹马拉的呢，诸如此类的。再见了，朋友。"

他把墓碑扛在肩膀上，回到那可怕的行进队伍当中，那破烂的棺材被拖在身后——尽管他刚才那样恳切地要把这东西塞给我，我还是一口谢绝了他的美意。我估摸着大概有足足两个小时，这些悲伤的游魂一直在"咔嗒咔嗒"地经过，还带着他们可怜的财物。而我一直坐在那里，对他们无限悲悯。

他们中有一两个年纪最轻，身上也破烂得不那么厉害的，打听了一下铁路上的夜班火车；但剩下的那些骷髅似乎并不了解这种旅行方式，只是问了下去几个城镇常走的公路，有些目的地现在都从地图上消失了——三十年前，这些城镇就没在地图上了，甚至都不在地球上了。其中还有那么几个地方，也就是曾在地图上列出过，还是在地产商的私人地图上，实际上却从未存在过的。他们还打听了一下这些城镇里公墓的情况如何，当地居民是否尊重逝者。

这整件事情叫我产生了浓厚的兴趣，同时又禁不住对这些无家可归的鬼魂感到同情。一切都是如此真实，我当时竟没有意识到是在做梦，还对一个身穿寿衣的游魂说，我冒出一个想法，要发表文章来记叙这场哀伤苦痛的离奇迁居，但也说了，我如果要一五一十地把这场景如实描述出来,难免会像是把一个严肃重大的问题视同儿戏,表现出对死者的不敬,会让他们活着的亲友感到震惊和不悦。但这位已故公民的残骸却是那样温和慷慨,远远地俯身过来,在我耳边低语道:

"您就别为这事儿烦心啦。那些人能忍得了我们现在要离开的那么一座坟场,那肯定也受得了您所写的那些躺在里面的死人——写什么都受得了。那些死人早已经被抛弃,无人在意了。"

就在此时此刻,传来一声鸡鸣,那奇怪的队伍消失了,连一片碎布条或骨头都没留下。我醒了,发现自己躺在床上,头在床沿外边,十分沉重地垂着——也许这样的姿势就是容易做有寓意的梦,但其中绝无诗意。

注:列位看官尽可放心,只要你们镇上的公墓维护得很好,那这个梦的背景就跟你们的镇子无关,而是特意针对邻镇的恶毒挖苦。

布洛克先生的报道

我们备受尊敬的朋友,弗吉尼亚城的约翰·威廉·布洛克先生,昨日深夜走入我们助理编辑的办公室,满脸深切由衷的痛苦,沉重地长吁短叹着,毕恭毕敬地将下面这篇报道放在桌上,又慢慢地走了出去。走到门口,他停留片刻,似乎在拼命克制情感,好让自己能开口说话;接着,他冲自己放下的手稿点点头,用沙哑的声音脱口而出:"我的朋友——哦,太伤心了!"说完眼泪便夺眶而出。他的悲痛令我们深受触动,等他已经离去,才反应过来要请他回来,好好安慰一番,但为时已晚。当时报纸已将付印,但我们清楚那位朋友很重视这条报道的刊登,也衷心希望报道变成铅字，让他在忧伤之余得到一丝安慰。于是我们立刻暂缓印刷，将这条报道放进了报纸栏目：

令人痛心的意外。——昨日傍晚六点左右，威廉·凯斯勒先生，城南公园区一位年高德劭的市民，正离开居所，前往市区。多年来，他一直保持着这样的习惯，只在一八五〇年春天有短暂中断，那段时间他受伤缠绵病榻，因为之前试图阻拦一匹脱缰之马，并未三思，直接站在了马儿身后，举起双手，大喊大叫。要是他哪怕早一刻这样做，马儿一定会受惊，而并不能慢下来；不过单凭那样，也已经够他受的了。还有更叫人悲伤痛心之事，当时他岳母也在，亲眼见证了这场悲剧。据人们后来说，他岳母的母亲亲口道，她当时本该像通常情况下那样抖擞和警惕，却恰恰相反；尽管不一定能做到这一点，但至少应该有往另一边看看的可能。

他岳母已经去世三年多了，但归西时却满怀荣耀复活的希望。她享年八十又六，是个基督教徒，心中绝不藏奸，家中也无财产，因为一八四九年遭了一场火灾，毁掉了她在世上的一切身外之物。但人生就是如此。让我们所有人都将这严重事故引以为戒，让我们勉力为人，临死时也能无愧于心。让我们将双手置于心上，以万分的诚挚起

> 警：从今天开始，我们将警惕那叫人沉迷的酒盅。
> ——《加利福尼亚人》第一版

总编已经来到办公室大发雷霆，揪着头发踢打周围的家具，像对扒手一样把我骂了个狗血淋头。他说每次把报纸交给我负责，哪怕只有半小时，我就会被某个贸然闯入的小子或蠢货迷了心窍。他说布洛克先生这篇令人痛心的文章可谓一无是处，只不过是一通令人痛心的胡说，毫无重点，毫无意义，毫无信息；毫无必要为了刊登它暂缓出版。

这一切的一切，都是出自我的好心。要是我像某些人那样不予通融，毫无同情心，就会告诉布洛克先生，时间太晚，我没法收他的稿子。然而我做不到啊，他抽抽噎噎，痛苦万分的样子叫我心软，我只能想尽办法稍微纾解一下他的痛苦。我根本没有读他的文章，去看是否有不妥之处，只在文前匆匆写了几行字，就送去付印了。而我的一片好心，又叫我落到什么境地呢？一点儿好处没有，只让我遭到了狂风骤雨般的谩骂和变着法的羞辱。

现在，我倒要来亲自读一读这篇文章，看看这一番大惊小怪有没有根据。要是有的话，那我可要找文章作者理论一番了。

我读了一遍，不得不承认，初看上去是有点混乱。不过，我要再细读一遍。

我又读了一遍，确实感觉更混乱了。

我翻来覆去读了五遍，但是，如果我能明白文中的意思，那可应该拿个大奖了。文章根本经不起推敲分析，有些东西我完全搞不懂。文章没有交代威廉·斯凯勒后来究竟怎么了。读者刚刚对他的经历有点兴趣，关于他的内容就戛然而止。

说到底，威廉·斯凯勒是谁？住在城南公园区的什么地方？六点启程前往市区的他究竟有没有到？如果到了，又发生了什么事情呢？"令人痛心的意外"是发生在他本人身上吗？尽管文章中对一些事情的细节交代得清清楚楚，我还是觉得要包括更多信息才对。这文章实在晦涩，不仅晦涩，而且可以说是完全不可理解。

十五年前，斯凯勒先生的腿摔断了，这件事就是那个"令人痛心的意外"，让布洛克先生陷入无法用语言表述的悲痛，深更半夜地跑到这儿来让我们暂缓印刷，要将这件事情公之于众吗？或者，"令人痛心的意外"指的是斯凯勒岳母早些年财产被付之一炬的惨事？还是指半年前岳母本人去世（虽然也看不出来她是意外去世的）？说到底，那件"令人痛心的意外"究竟指的是什么啊？那个大傻子斯凯勒要是想阻止脱缰之马，又为什么要站在它身后大喊大叫,挥舞双手呢?既然马已经从他身边跑过,这倒霉蛋又怎么会被它给撞伤了呢?而我们又能引何为戒呢?这叫人无法理解的一篇文章,又能给我们大家什么教训呢?还有,最重要的是,所谓令人沉迷的酒盅,又跟这一切有什么关系呢?文中并未提到斯凯勒、他妻子或他岳母酗酒,也没说马儿喝了酒,那么,为什么要提到"令人沉迷的酒盅"呢?不过我倒是觉得,布洛克先生自己是被那令人沉迷的酒盅害了,不然才不会为这叫人恼火的臆想的意外搞出这许多麻烦。

我把这荒诞不经的文章从头到尾读了一遍又一遍。它看似暗藏玄机,讲得头头是道,却看得我头昏脑涨也根本搞不清其中玄妙。看那字里行间,一定是发生了某种意外,但却根本说不清究竟是什么意外,谁又是意外的受害者。

虽然不情愿,我却觉得非要提出一个要求不可,就是下次要是布洛克先生的哪个朋友遭了什么意外,他又写了文章,最好是附上一段注解,好让我们清楚究竟是什么意外,是谁遭到了意外。我宁愿他的朋友都死绝,也不愿意再为了解密这样一篇东西,把自己逼到发疯边缘了。

采访遭遇记

　　我请这个衣冠楚楚,紧张不安,又有那么点儿兴奋的小伙子坐下,他说自己是《雷鸣日报》来的,又说:
　　"希望没给您添麻烦,我是来采访您的。"
　　"来干什么?"
　　"采访您。"
　　"啊!明白了。好的——行。嗯!好的——行吧。"
　　那天早上我感觉不怎么舒服,说真的,情绪真不太高。但我还是朝书架走去,在那儿看了六七分钟,我感觉必须得去问问那小伙子了,就说:
　　"怎么拼的呀?"

"什么怎么拼？"

"采访。"

"哦，天哪，您要拼它干什么呀？"

"我不想拼，就是想看看是什么意思。"

"嗯，我得说，这可有点惊人啊。我可以告诉您是什么意思，如果您——如果您——"

"哦，好啊！这就行了，非常感谢您。"

"In, in, ter, ter, inter-"[1]

"这么说你拼的时候以'I'开头了？"

"是啊，肯定是啊！"

"怪不得呢，我那么久都没查到。"

"尊敬的先生啊，您本来是怎么拼的？"

"嗯，我——我也不知道。我有一本未删节的字典，我在后面到处翻，想在那些图画里面找出来。但是那个字典的版本太老了。"

"这……朋友，就算是最新的版本，也不会有图画——尊敬的先生，请原谅，我无意冒犯，但您看上去没有我想的那么——那么聪明。没别的意思——我完全没有别的意思。"

"哎哟，别这么说！经常有人这么说，就是那些不愿意

---

1 "采访"的英文是 interview。

讨好别人,以及那些没有必要讨好别人的人,都说我就是这样的。对啊——对,他们经常高高兴兴地这么说呢。"

"这我不难想象。但还是回到这次采访来吧。您知道,现在,采访出了名的人,已经是种惯例了。"

"是吗?我还从来没听过呢。肯定很有意思。是怎么做的呢?"

"啊,这个嘛——这个嘛——这个倒是挺没意思的。在某些情况下,是要拿根大棒子来进行的。但是通常呢,就是采访人问问题,被采访人回答。反正现在就流行这个。请问您能允许我问几个问题吗?这些问题的目的是多多了解您过去经历中的亮点,包括公开的经历和私人经历。"

"啊,愿意回答——很高兴回答。我记性很差,但是希望你别介意。我的意思是说,这个记性啊,很不正常——特别不正常。有时候跑得飞快,有时候又磨磨蹭蹭地停在某个点上。这叫我特别痛苦。"

"哦,这个无妨,尽您所能吧。"

"我会的,我会全心全意回答问题的。"

"谢谢。您准备好了吗?"

"好了。"

问:请问您多大了?

答:到六月就满十九了。

问：是吗？我还以为您已经三十五六了。您的出生地是？

答：密苏里。

问：您是什么时候开始写作的？

答：一八三六年。

问：这怎么可能啊，您刚才说自己才十九啊。

答：我也不清楚。不过好像是有点奇怪。

问：非常奇怪。见过的人里，您觉得最了不起的是谁啊？

答：艾伦·伯尔[1]。

问：但如果您才十九岁，就不可能见过艾伦·伯尔啊！

答：呃，既然你知道得比我多，干吗还问我啊？

问：哎呀，就这么一提，没别的意思。您是怎么见到伯尔的呢？

答：这个嘛，有天我恰好去参加他的葬礼，他叫我别那么吵，然后——

问：但是，我的天！如果您是去参加他的葬礼，他肯定是死了啊；既然他已经死了，又怎么管您是不是吵呢？

答：我也不清楚，他好像一直是个特别的人啊。

问：但我还是完全没搞明白。您说他跟您说话了，而

---

[1] 艾伦·伯尔（Aron Burr, 1756—1836）：1801—1805年间的美国副总统。

他又已经死了。

答：我没说他死了。

问：但是他难道没死吗？

答：这个嘛，有些人说他死了，有些人说他没有。

问：您自己觉得呢？

答：哦，跟我没关系啊！又不是我的葬礼。

问：您有没有——算了，这个问题我们绕来绕去，永远弄不清楚。我来问您点儿别的事儿吧。您的生日是？

答：一六九三年十月三十一日，星期一。

问：什么？！不可能！这么算您已经一百八十岁了。这个您怎么解释啊？

答：我完全不解释这个问题。

问：但您起先说您只有十九岁，现在又把自己说成一百八。这差别太大了吧。

答：怎么，你注意到这个啦？（与对方握手。）我常常觉得其中有差别，但又不太拿得准。你反应可真快！

问：单纯冲着您这句话，谢谢夸奖了。您有兄弟姐妹吗，去世的或在世的？

答：呃！我——我——我想是有的吧——有的。但我不记得了。

问：这……这可是我听过的最叫人吃惊的话了！

答：怎么了，你为什么这么想啊？

问：不这么想怎么想？哎呀，您看这儿啊！这墙上照片里是谁啊？难道不是您的某位兄弟吗？

答：哦，是啊，是啊，就是的！现在你提醒我了！那正是我以前的一位兄弟。叫威廉——我们都管他叫比尔[1]。可怜的老比尔啊。

问：怎么了？他是去世了吗？

答：啊！这个，我想是的。我们从来没能确定。这事儿特别不可思议。

问：那这可太伤心了。那他是失踪了吗？

答：嗯，是的，总的来说是吧。我们把他埋了。

问：埋了！在不知道是死是活的情况下就把他埋了？

答：哦，不是！不是这样的。他确定是死了。

问：好吧，我坦白跟您说，这事儿我搞不懂。要是你们把他埋了，也知道他死了……

答：不是！不是的！我们只是以为他死了。

问：哦，明白了！他是又活过来了？

答：我敢打赌他没有。

---

[1] 在英语里，比尔（Bill）是威廉（William）的简称，演化过程是William——Will——Bill。

问：唉，我还从来没听说过这样的事情。有人死了。有人被埋了。那么，您说的不可思议在哪儿呢？

答：啊！就在这儿啊！这就是不可思议之处啊！你看啊，我们是双胞胎——死了的那个——和我——我们两个刚两个星期大的时候，在浴缸里混在一起，有一个被淹死了。但我们不知道淹死的是哪个。有些人觉得是比尔。有些人觉得是我。

问：嗯，这倒是奇事一桩。那您觉得呢？

答：天知道啊。我愿意付出一切代价去搞清楚。这件伤心又重大的奇事，让我这辈子都蒙上了阴影。但现在我要告诉你一个秘密，以前还从来没跟任何人说起过呢。我们其中一个有个特殊的标志——左手手背上有一大块胎记，那就是我。淹死的就是那个孩子！

问：好吧，那我看说到底这也没什么不可思议的吧。

答：你不觉得呀？好吧，我倒是觉得呢。反正，我是不太明白他们怎么会那么糊涂，埋错了孩子。不过，嘘！别在我家人能听到的地方提起这事儿啊。天知道，就算不算上这事儿，让他们心碎的烦恼也够多的了。

问：好吧，我觉得掌握的材料也够这次用了。非常感谢您的配合。但我对您说的艾伦·伯尔的葬礼特别感兴趣。请问您能具体讲讲吗，到底是什么事情让您觉得艾伦特别了不起?

答:哦!就是一件小事儿!五十个人当中也不会有一个人注意到的。葬礼布道结束以后,送葬的队伍准备就绪,要去墓地了,尸体也都稳妥安放在灵车里了。结果他说要最后看一眼风景,就爬起来和车夫一起赶车了。

小伙子恭敬地告辞了。他可真是礼貌友善。他走了我还挺舍不得的。

好男孩的故事

从前有个好男孩，名叫雅各布·布利文斯。他总是很听爸爸妈妈的话，不管他们的要求多么荒唐，多么不合情理；他总是认真读书，上主日学校也从不迟到；他绝不逃学，就算明明清楚那样做对他是最有好处的。别的孩子从来都看不透他，他的行为实在是太奇怪了。他绝不撒谎，不管撒谎能带来多大的好处。他只是说，撒谎是不对的，这理由足够阻止他撒谎。他诚实到了荒唐的地步。雅各布做事情真是太怪了，简直是世上之最。礼拜天，他不会玩弹子游戏；他也不掏鸟窝，不会把滚烫的硬币交给街头艺人的猴子；对各种正当的娱乐活动，他似乎也完全不感兴趣。

所以，别的男孩子们总想找出个所以然，弄懂他这个人究竟怎么回事，但根本得不出任何满意的结论。就像我之前说的，他们只会模模糊糊地觉得他这是在"受折磨"，于是就保护着他，不允许他受到任何伤害。

这位好男孩把主日学校的书本读了个遍。这是最叫他开心的事，他读课本的原因也就这么简单。他相信书本里那些好男孩的故事，深信不疑。他真希望有一天也能在现实生活中遇到其中一个，但从来也没遇到过。也许他们都在他出生之前死了吧。他读到某个特别好的男孩的故事时，总会赶快翻到最后，去看他结局如何，因为他愿意跋涉千里，亲眼把他看上一看。但这根本没什么用，那好男孩总是在最后一章死去，会有一张葬礼的插图，所有的亲朋好友与主日学校的孩子们都站在墓前，穿着过短的马裤，戴着过大的帽子。人人都拿着一张至少半码长的过大的手绢，掩面哭泣。这时候雅各布总会灰心丧气，这样的好男孩总是在最后一章死去，他永远都见不到他们。

雅各布有个崇高的抱负，他希望自己也能被写进书本里去，会有插图表现他的事迹，比如为了维护好孩子的光荣，拒绝对妈妈撒谎，而妈妈为此喜极而泣；比如他站在门阶上，把一个便士递给有六个孩子的可怜叫花子女人，叫她随便花，但不要挥霍，因为挥霍是罪恶；再比如他宽宏大度，有坏孩子总在街角等他放学，用鞭子狠狠抽他的脑袋，还追赶着他往家跑，在他后面大喊："喂！喂！"但他就是不去告发这坏孩子。这就是小雅各布·布利文斯的抱负。他希望被放进主日学校的书中。

有时候，想到那些好男孩的结局总是死去，他也会有点不舒服。要知道，他是希望活在这世上的。要做一个主日学校课本中的孩子，这就是最不愉快的一点了。他知道做好孩子是有损健康的。他知道，要像书里面的男孩子们一样好得非同寻常，那是比肺病还要致命的，因为他知道没有一个好孩子能活很久。一想到要是他被放进了书本，自己却看不到，他就感到痛苦；即使他在死前就被收进了书中，那后面部分要是没有他葬礼的插图，这故事也不会被人喜闻乐见；要是没有他临终对亲朋邻里的金玉良言，那这就不算什么好的主日学校课本了。

所以，最终，他当然还是只能下定决心，审时度势，做出最佳选择——平安活着，尽量多撑些时日，在死期来临之前，先把临终遗言想好。

然而，不知怎的，这个好男孩总是不走运，他遇到的事情都和书本里那些好男孩不一样。书里的好男孩总是一切顺利，而坏男孩总会摔断腿。但他呢，就总是有什么地方不对劲，情况总是适得其反。他看到吉姆·布莱克在偷苹果,就走到树下去给他读书里的故事,坏男孩从邻居的苹果树上掉下来,摔断了胳膊。吉姆也从树上掉下来了,但掉在雅各布身上,把他的胳膊给压断了,而吉姆却毫发无伤。雅各布真不明白。书里面根本找不到这样的故事。

有一次,几个坏男孩把一个瞎子推进了泥坑里,雅各布连忙跑过去扶他起来,想着瞎子一定会感谢和祝福他。结果瞎子不但没有感谢祝福他,还用拐棍敲他的头,说他是想把他弄起来再推倒一次,再装模作样地扶他起来。这件事和书里讲的完全不一样啊。雅各布翻遍了所有的书,也没找到类似的事情。

雅各布想做一件事,就是找到一条无家可归、挨饿又受欺负的瘸腿狗,带它回家,爱它护它,让它永远感激自己。终于,他发现了一条这样的狗,十分高兴,带它回家,喂它吃饭。但他正准备爱抚狗儿时,它却扑向他,把他身上所有的衣服都撕碎了,只剩下前面的一点点,弄得看到他的人都大吃一惊。他查看了权威的课本,还是弄不懂这样的事情。这狗和书里的狗是同一种类,但行为却大不一样。这孩子无论做什么都会惹祸上身。同样的事情,书里的孩子做了就会得到回报,而他做了却会倒大霉。

有一次,在去主日学校的路上,他看到几个坏孩子正在帆船上嬉笑打闹,要开船出去玩。他吓得惊慌失措,因为在书里读到过，礼拜天驾船出去玩的男孩一定会被淹死。于是他赶紧跑过去划了个木筏子，想追上去警告他们，结果他踩到一根原木，脚一滑，就落到河里了。很快有个人把他救了上来，医生把他肚子里的水全抽了出来，让他能够重新呼吸。但他着了凉，在床上病了九个星期。但最叫人摸不着头脑的，是船上那些坏孩子高高兴兴地玩了一整天，安然无恙地回到了家，这简直是不可思议。雅各布·布利文斯说，书里面根本没有这样的事。他真是完全惊呆了。

病好了之后，他有些泄气，但又下了决心，无论如何还是要再努力一下。他明白到目前为止，自己的事迹还不足以被写进书里，而他也还没有到达好男孩该去世的岁数。所以，要是能够坚持下去，活够时间，他最终还是能被记入书本的。就算最后希望落空，他还可以指望自己的临终遗言。

他又查阅了自己的权威书本，发现此时他该去海上做客舱服务员了，于是去拜访了一位船长，提出申请。船长问他有没有谁的举荐材料，他自豪地拿出一本宗教小册子，指着上面的赠言："赠雅各布·布利文斯，爱他的老师。"但船长是个糙汉子，粗俗不堪，他说："哦，去他妈的吧！这又不能证明你能刷碗洗盘子，或者倒垃圾桶。"他并不想要雅各布。这孩子这辈子也没遇到过这样的奇事。在他读过的那些书中，宗教小册子上老师的赞赏，从来都会唤起船长们最温柔的情感，而且能够无往不利，敲开任何名利之门。他真不敢相信自己正在经历这样的事情。

这孩子处处碰壁吃苦，没有一件事情和他在权威书本上读到的一样。终于有一天，他正在到处转悠，寻找坏男孩进行告诫，发现好多坏男孩在老铸铁厂那边，拿十四五条狗儿寻开心。他们把狗儿拴成一长串，还准备把之前装硝化甘油的空桶拴在狗尾巴上作装饰。雅各布痛心不已。他坐在一个油桶上（但凡要履行好男孩的职责时，他是从不在乎油污的），用力抓住最前面那条狗的颈圈，用指责的目光盯着坏男孩汤姆·琼斯。但正当此时，市议员麦克维特尔怒气冲冲地走了过来。所有的坏孩子都跑掉了，但雅各布·布利文斯则坦然而无辜地站起来，要开始用主日学校书本中庄严的措辞开始讲话了，讲话的开头通常都是"哦，先生！"。

然而，无论好坏，没有任何男孩子讲话的开头会是"哦，先生！"。但这位市议员根本没耐心听完剩下的话，他揪着雅各布·布利文斯的耳朵，把他转了过去，朝着他的屁股狠狠拍了一巴掌。这好男孩瞬间就冲破房顶，朝着太阳飞去，那十五条狗儿的残躯也一连串地跟在他后面，就像风筝尾巴。他再也看不到地面上那位市议员和那个老铸铁厂了。小雅各布·布利文斯也根本没机会发表自己苦心准备的临终遗言了，除非是讲给鸟儿们听。因为，他的身体大部分是好好地落在了邻县的一棵树顶上，剩下的却零碎地分布到了四个镇上，所以人们得做五次验尸，来确定他到底是不是死了，并调查一下事故原因。还从来没见过被这样分尸的孩子。——（这件"甘油大祸"借鉴自一篇零碎的报纸文章，我也不知道作者的名字，不然就在此列出了。——马克·吐温）

  这一直尽心尽力做好事的好男孩就这样死了，却和书本中的结局大不一样。除他之外，所有和他一样行事的男孩子都成功了。他的情况确实很不一般。个中原因恐怕永远无法解释了。

坏男孩的故事

从前有个坏男孩,名叫吉姆——要是你有所留意,会发现主日学校课本里的所有坏男孩几乎都叫詹姆斯。所以这很奇怪,但事实就是如此,这一个偏偏就叫吉姆。

他也没有生病的妈妈——一个虔诚敬神、身患肺病的妈妈,渴望着早日进入坟墓安息,却因为对孩子的无限疼爱,还想着她撒手了,孩子会面对一个残酷冰冷的世界,于是硬撑着。主日学校课本里的大部分坏孩子都叫詹姆斯,有这么个生病的妈妈,会教他说"好了,我就寝了"之类文雅的话,还会用甜美哀婉的声音唱歌哄儿子睡觉,给孩子晚安吻,并跪在床边抽泣。但咱们这个家伙情况不一样。

他叫吉姆，他的妈妈什么问题也没有——没有肺病，也没有别的毛病。她反而是挺敦实强壮的，也不是个虔诚的教徒。而且，她对吉姆也没那么上心，总说要是他把自己的脖子弄断了，也不算什么损失。她总是打吉姆的屁股催他睡觉，也从来不会给他晚安吻；相反，离开的时候还要赏他几个耳光。

有一次，这个坏男孩偷了厨房的钥匙，溜进去偷吃了些果酱，又在瓶子里面装满了焦油，这样妈妈就看不出来果酱少了。但当时他也没有觉得很害怕，也没有谁在他耳边悄声说："不听妈妈的话，这样对吗？这样做难道不是罪恶吗？坏男孩把好妈妈的果酱吃光了，会有什么下场呢？"他也没有赶紧跪下来，发誓以后再也不捣乱了；也没有怀着轻松愉快的心情站起来，去找妈妈坦白一切，请求她的原谅；妈妈也没有流下自豪的泪水，眼中满怀感恩地祝福他。没有，这是书本里那些坏孩子的经历，吉姆的情况却完全是另一回事，这可奇怪了。

他吃了果酱，用那充满罪恶的粗俗样子说，真是太好吃啦，然后就把焦油装进瓶子，还说这也很好吃，说着哈哈大笑起来，觉得那老太婆发现的时候"绝对会气得跳起来，哼哼个不停"；等老太婆真的发现了，吉姆就硬说自己什么都不知道，她狠狠地给了他一顿鞭子，结果哭出眼泪的是他自己。关于这个孩子的一切都很奇怪——和书本里那些坏男孩詹姆斯的所有事情都不同。

有一次,他爬到农场主阿克恩的苹果树上去偷苹果,树枝没有折断,他没有掉下来摔断胳膊,也没有被农场主的大狗撕咬,更没有在病床上痛苦地躺上好几个星期,后悔不已,之后就变好了。完全没有这回事。他由着自己的性子偷了好多苹果,安然无恙地从树上下来。对那条狗他也做好了万全准备,狗冲上来撕咬的时候,这孩子就扔了块砖头,把它打得四仰八叉的。这真是太奇怪了——那些封底印着花纹的文雅小书里可从来没有这样的事情,里面的图片上都是穿着燕尾服、戴着高顶礼帽、穿着短腿马裤的男人,还有穿着高腰无撑长裙的女人。和这小男孩类似的故事,在主日学校的书里从来没有过。

有一次,他偷走了老师的小刀,又怕被发现了会挨鞭子,就偷偷把小刀放进了乔治·威尔逊的帽子里。乔治是可怜的寡妇威尔逊太太的儿子,是大家公认的好孩子,全村孩子的榜样,总是很听母亲的话,从来不说谎,勤奋好学,特别喜欢上主日学校。刀从他帽子里掉出来的时候,可怜的乔治垂头丧气,满脸通红,像是自动认了罪似的。老师深感痛心,却也认定是他偷的,要把鞭子落在他颤抖的肩膀上时,并没有一个假想中满头白发的地方执法官突然出现在他们中间，装腔作势地说："放过这品行高尚的孩子——那畏缩不前的罪犯在那儿呢！课间休息的时候我正巧从校门口路过，没人看到我，我却目击了偷窃的行为！"接着，吉姆也没有挨揍，那庄严尊贵的执法官也没有向满含热泪的学校师生进行布道，没有拉起乔治的手，说这样的孩子值得大加称赞，也没有叫他到自己家里来一起住，为自己打扫办公室、生火、跑腿、砍柴，并学习法律，帮自己妻子做点家务，同时又劳逸结合，一个月领四十美分的工资，过得开心快乐。没有的事儿。

　　书里的故事倒都是这么写，但在吉姆那儿可不算数。没有什么平时死也不开口的老头子半路杀出来找麻烦，于是模范好男孩乔治就被打了一顿。吉姆很高兴，因为嘛，你们知道的，吉姆最讨厌那些好男孩。吉姆说他"最看不起这些胆小鬼"。这个没有教养的坏男孩，说话就是这么粗鲁难听。

　　但吉姆遇到的最大怪事，还要数那次。那个礼拜天他去划船，竟然没被淹死；还有个礼拜天他去钓鱼，遇到了暴风雨，竟然没有被雷劈。哎呀，就算你翻遍主日学校的书本，仔仔细细地找啊找，从现在一直找到下一个圣诞节，根本找不到这样的故事。书里面，所有在周日去划船的坏孩子一定会被淹死；礼拜天出去钓鱼遇到暴风雨的坏孩子也必然遭雷劈；载着坏孩子的船总是在礼拜天翻船，坏孩子在安息日（礼拜天）出去钓鱼的时候，也总会遇到暴风雨。这个吉姆究竟是怎么逃过噩运的，我真是百思不得其解。

这个吉姆啊，就像身上戴了个万能护身符一样——一定是如此，什么都伤害不了他。他甚至给动物园里的大象塞了烟草，那大象也没有甩着长鼻子把他天灵盖给掀翻。他翻遍了橱柜找薄荷精，也从来没有错把浓硝酸喝下去。安息日，他偷了父亲的枪去打猎，也没有把自己的三四根手指打掉。生起气来，他捏紧拳头打了妹妹的太阳穴，这妹妹也没有在整个漫长夏日疼痛不止，更没有因此病逝，还在死前说出宽恕他的温言软语，叫他破碎的心倍加痛苦。不，妹妹就这么好了。最终，吉姆离家出走，去了海上，也没有满怀悲伤地回来，发现世上就剩自己孤身一人，没有看到亲友们长眠在安静的教堂墓地之中，没有看到童年时的家爬满青藤，破败不堪，即将倒塌。都没有，他回家时喝得酩酊大醉，立马就进了警察局。

他长大了，结了婚，有了一个大家庭。一天晚上，他突然抄起斧头，打得所有人脑浆迸裂，还用尽各种欺诈和流氓的手段发了大财。现在，他是村里最可怕也最邪恶的恶棍无赖，却受到所有人的尊敬和爱戴，成了地方立法机构的官员。

所以啊,你看看,主日学校书本里那些坏男孩詹姆斯,从来没有哪一个能像邪恶却有护身符庇佑的吉姆一样,过得这么一帆风顺的。

百万英镑

二十七岁时,我受雇于旧金山一位矿业股票经纪人手下,对证券交易的所有细节可谓了如指掌。我在世上孤身一人,无依无靠,只能凭着聪明的头脑和清白的名声去闯;但这些条件让我脚踏实地地走上通往财富的大道,我对自己的前景还是十分满意的。

每周六下午收盘之后,我的自由时间就到了。我喜欢去海湾驾驶小帆船,消磨这样的休闲时光。一天,我开得太远了,船被浪带到了海上。夜幕降临了,当我已经要完全丧失希望之时,一艘开往伦敦的小型双桅横帆船救起了我。那是一趟漫长的航程,一路上风急浪险,他们叫我做个普通水手，免酬劳干活儿来报答救命之恩。在伦敦上岸时，我的衣服已经破破烂烂，特别寒碜，口袋里只有区区一美元。我用这钱换来二十四小时的食宿。接下来的二十四小时，我没吃上饭，也无处栖身。

第二天上午十点左右，衣衫褴褛又饥肠辘辘的我正拖着沉重的步子走在波特兰广场上。一个保姆牵着个孩子与我擦肩而过，孩子手里有个甜美芬芳的大梨子，只咬了一口就扔进水沟里去了。我当然即刻停下，用渴望的目光死死盯住那已经裹满泥泞的宝贝。看着它，我已经垂涎三尺，胃也无限渴求，整个生命都在哀求着要吃上一口。但每当我试图去捡起它，就会有路过的行人向我投来目光，察觉我的意图。我当然会立刻直起身子，装出一副满不在乎的样子，假装自己完全没打过那梨子的主意。同样的事情不断发生，我就是拿不到那梨子。绝望之下，我正想豁出这把老脸，直接去把那梨子抓起来，身后的一扇窗户突然被推起来，一位先生的声音传来：

"请您进来。"

一个衣着华丽的仆人将我迎了进去，领我来到一个奢华的房间，里面坐着两位温文尔雅的老先生。他们吩咐仆人退下，让我就座。他们刚吃完早餐，看着那些残羹，我差点把持不住。在这么多食物面前，我几乎无法保持理智，但他们并未发出品尝的邀请，我只能尽全力忍受。

话说，不久之前，那里发生了一点事情，我当时还一无所知，直到那之后又过了很多天才了解到，我现在就把这事讲了吧。几天之前，老哥俩曾经进行过相当激烈的争辩，最后决定打赌定输赢，这是英国人解决一切问题的方式。

你们应该记得，英格兰银行曾经签发过两张钞票，面额都是一百万，用于和某个国家进行某项公共交易的特殊目的。也不知道是什么原因，只有一张被使用并注销了，另一张还被安置在银行的金库里。总之，这老哥俩在闲聊时突然心血来潮，讨论说，要是一个十分诚实又聪明的异乡人，意外流落到了伦敦，没有朋友，身无分文，只有那张百万英镑的钞票，还没法证明自己就是其所有者，那他将面临什么样的命运呢？哥哥说这人会饿死，弟弟说他不会。哥哥说他不能去银行兑现，也没法在别的地方花，因为他会被当场逮捕。

他们争论不休，直到弟弟说他出两万英镑，赌此人无论如何能靠那一百万活三十天，而且没有牢狱之灾。哥哥接受了这个赌局，弟弟就到了银行，把那张钞票买了下来。你瞧，这行为就是典型的英国人，胆识过人，风风火火。接着他口授了一封信，叫一位文书用漂亮的圆体字写下来。接着老哥俩就成日在窗边坐着，物色可以接信的合适人选。

人来人往，很多诚实的脸看上去都不够聪明，很多聪明的脸看上去又不够诚实；而两者兼具的，看上去又不够穷；也有够穷的，但并非异乡人……总不能尽如人意，直到我的出现。他们认为我符合全部条件，所以一致选定了我。于是我就来到了他们面前，等着听我被叫进去的原因。他们开始问我一些个人问题，很快就把我的来历弄清了。

最后，他们说我完全符合要求。我表达了由衷的高兴，问是什么要求。于是其中一位递给我一个信封，说看完就能明白一切。我本想当场打开，他说暂时不要，让我把信带到住处去，仔细看看，不要着急，不要草率。

我迷惑不解，还想再问明白些，但他们不想多说了。于是我离开了，觉得伤心受辱。这显然是个什么恶作剧，我成了被取笑的对象。但我不得不忍下这口气。按照现在的处境，我也没法憎恨权势阶层对我的冒犯。

我本想把那个梨子捡起来，当着全世界的面吃掉，但早就找不到了。所以为了这晦气的事情，到手的梨子飞了，一想到这儿我就生那两人的气。一走到看不到他们那宅子的地方，我就打开了信封，看到里面装着钞票！我拍着胸脯跟你们保证，我对那两人的看法登时就变了！我一秒也没耽误，把信和钞票往马甲口袋里一塞，冲进了离我最近的便宜小馆子。天啊,我吃得那叫一个狼吞虎咽啊!到最后我再也吃不下了,就把钞票拿出来展开,只瞅了一眼,就差点昏过去。一百万英镑啊!合五百万美元!这究竟是怎么回事?我一阵头昏眼花。

我目瞪口呆地坐在那里,对着钞票直眨眼睛,肯定足足坐了一分钟,才又恢复了神志。我第一眼注意到的,就是老板。他死盯着那张钞票,惊得如同石化。他全身心都在对那钞票顶礼膜拜,但看样子好像手脚都无法动弹。我立刻有了主意,采取了那种情况下唯一合理的举动——我把钞票递给他,并且满不在乎地说:

"请找一下。"

接着他恢复了常态,连声道歉说找不开,连碰一下他都不敢。他只想看着那张钞票,一直看着,好像怎么也看不够,目光里的渴望无论如何也无法熄灭。但他畏畏缩缩,根本不敢碰它,仿佛眼前是一件圣物,凡夫俗子根本不配拿。我说:

"如果造成不便,万分抱歉。但我只能这样做,请找钱吧,我没有别的钞票了。"

但老板说完全没关系,他十分乐意先记下这笔小账,下次再收。我说下面应该有好长一段时间不会到这一片来了;他说没关系,他可以等,而且,我可以选择任何时间来吃任何东西,记账也没问题,高兴怎么记就怎么记。他说,希望自己不会因为我这古灵精怪的脾气,故意穿成这样来戏耍大家,就产生担忧惧怕,而不相信这样一位富有的绅士。

此时另一位顾客正走进门来,老板悄悄示意我把那大钞收起来,别让旁人看到,又点头哈腰地一路把我送到门口。我径直回到那老哥俩的住处,要把这弄错的事情给纠正过来,别等到警察追踪到我,帮我纠正。我很紧张,说实在一点,是怕得要死。当然,我没什么错处,但我了解人性。当他们发现自己错把一百万的钞票当一英镑施舍给了个流浪汉时,绝不会按道理去责怪自己眼神不好,只会把疯狂的怒火倾泻到这个流浪汉身上。接近那宅子时,我的情绪逐渐平复下来,因为那里非常安静,所以我确信他们还没发现自己犯了大错。

我按了门铃,还是之前那个仆人开的门。我说要见那两位先生。

"他们走了。"这傲慢冰冷的态度,在他们这一类人里很常见。

"走?走去哪儿?"

"去旅行了。"

"去哪儿旅行了?"

"我想应该是大陆[1]吧。"

"大陆?"

"是的,先生。"

"往哪儿——哪条路线?"

"我说不上来,先生。"

"他们什么时候回来?"

"他们说是一个月。"

"一个月!哦,真是太糟糕了!您帮我想想办法吧,给他们传句话。十万火急顶顶重要!"

"说真的,我做不到。我也不知道他们去哪里了,先生。"

"那我得见见这家的其他人。"

"家人也不在,已经出国好几个月了——我想是在埃及和印度。"

"哥们儿,他们犯了个巨大的错误。天黑之前他们就会回来的。请您告诉他们我来过了,在纠正这个错误之前我会一直来的,让他们不需要担心,好吗?"

"如果他们回来,我会告诉他们的,但我觉得他们不会回来的。他们说过你一个小时之内就会来这儿问东问西的,但我必须告诉你,一切都没问题,他们会按时回来,等你

---

1 大陆:指欧洲大陆。

上门。"

无奈之下,我只能放弃,离开了此地。这是一个怎样的难解之谜啊!我简直要疯了。他们会"按时"回来,这是什么意思?哦,也许信里有答案呢。我都把那封信给忘了,赶紧拿出来看。上书:

看面相便可知,你是个聪明又诚实的人。我们猜你囊中羞涩,独在异乡。你会发现信封内有一笔钱,这笔钱借你三十天,不计利息。期满时请到这宅子里来汇报。我在你身上下了赌注。要是我赢了,你就能获得我能力范围内可安排的任何工作——指的是,你能够证明自己很熟悉又能胜任的工作。

没有落款,没留地址,没写日期。

这下好了,我简直陷入了一团乱麻之中!你们倒是对之前发生的事情一清二楚,可当时的我不是。我感觉这是个深不可测的黑暗谜团。我根本不知道究竟应该怎么做,也不知道他们的意图是害我还是帮助我。我走进一座公园,坐下来努力思考这整件事情,考虑我该怎么做才是最好的。一个小时后,我经过推理论证,做出了以下判断:

也许那两人是在向我行善,也许是在害我,这是无法判定的——那就随它去吧。他们是在做游戏，或是耍阴谋，还是做试验，诸如此类，也没法断定——那就随它去吧。他们在我身上下了赌注，也不知道到底是什么赌——那就随它去吧。无法解决的事情就是这些，就这么随它去吧；那么剩下的事情就看得见摸得着，明确无误了，可以加以归类，打上"确定"的标签。

如果我要求英格兰银行将这张钞票存进其所有人的账户，他们会照办的，因为就算我不知道他是谁，他们总是知道的。但他们又会问我是怎么拿到这钞票的，如果我实话实说，他们自然会把我送进收容所；如果撒谎，我就会去蹲大牢。不管我去哪里存这张钞票或者凭它借钱，都会出现同样的结果。所以不管我是否愿意，只能将这沉重的负担随身携带，直到那两人回来。

对我来说，这钱毫无用处，如同一把灰烬，但我还得在靠乞讨活下去的一路上对其小心保管，好好看着。我没法把这钞票一送了之，因为即便我做出了这样的尝试，无论是诚实正直的良民，还是拦路抢劫的强盗，都不会接受，甚至不会与其有任何关系。

那两兄弟倒是高枕无忧。就算我把钞票弄丢了，或者烧掉了，他们也没有损失，因为他们可以办理止付，银行会补偿他们的损失。但与此同时我却要在没有工资或任何收益的情况下受一个月的煎熬——除非我帮忙赢得那不知道到底是怎么回事的赌，得到对方向我承诺的工作。我当然希望能得到那份工作——他们那样的人能力范围内可安排的工作，肯定是值得争取的。

我禁不住去畅想那份工作，逐渐对其抱有很高的期望。毫无疑问，薪水肯定很高。一个月内我就要开始工作了，那之后肯定是顺风顺水的。很快我便感觉好极了。此时我又开始在大街上晃荡了。我看到一家裁缝铺，突然极其盼望能脱下这身破烂衣服，重新打扮得体体面面。我买得起吗？买不起。除了那百万英镑，我身无长物。于是我强迫自己赶快离开。但很快我又晃荡回来。诱惑当前，于我实在是残酷的折磨。激烈的思想斗争之下，我在那店前徘徊来去了至少有六趟。

最终我向欲望屈服了，我不得不这样做。我问他们有没有因为不合身被顾客退货的衣服。我询问的那个家伙朝另一个家伙点点头，根本没回答我。我去找他示意的那个人，他又朝另一位点点头，一言未发。我去找另一位，他说：

"很快为您服务。"

我一直等到他忙完手头的事情。他把我带进了后面的一个房间，抱来一大堆被退货的衣服，为我选了其中最寒碜的一套。我穿上了，一点也不合身，更别谈什么魅力了。

但这是新衣服，我急切地想要拥有它，所以我没有挑错，只是有点怯生生地说：

"要是你们能通融一下，让我等几天再付款，那就太好了。我身上没有零钱。"

那家伙露出最为刻薄的嘲讽表情说：

"哦，您没有啊？嗯，我当然也是想到这一点了的。我总觉得嘛，您这样的绅士，当然只会带大钞啦。"

我被惹恼了，便说道：

"我的朋友，你不应该总是从衣着来评判素不相识的人。我完全付得起这件衣服的钱，我只不过是不想麻烦你，这大钞你们找不开。"

听了这话，他态度缓和了些，不过还是有几分不客气：

"我又没有什么恶意。不过，说到你刚才的指责，我想说的是，你这样匆匆下结论，说我们找不开你身上带的钞票，那可是有点多管闲事了。恰恰相反，我们能找开。"

我把那张钞票交给他，说：

"哦，那太好了，我道歉。"

他微笑着接过钞票——那真是一个全方位的灿烂微笑，笑得满脸堆着层层的肉和褶子，还起了旋涡，就像往池塘里扔了块砖头。他瞥了一眼那张钞票，微笑立刻被冻成了坚冰，霎时间面露菜色，就像维苏威火山一侧的小平坝上看到的那种凝固的岩浆，呈现坚硬的波纹状，如同蠕动的虫子。我还从来没见过谁的微笑会这样僵在那里，长久不变。那人就这样站着，手里握着钞票，脸上就那么僵着。店主匆匆赶来看出了什么问题，他语气轻快地问：

"嗯，怎么了？有什么问题？您需要点儿什么？"

我说："没什么问题。我在等他找钱呢。"

"来啊，来啊，找钱啊，托德，给他找钱。"

托德不客气地回嘴："给他找钱？说得容易啊，老板！您自己看看这钞票吧。"

老板看了一眼，吹出一声低低的口哨，充分表达了他的情绪。接着他一头扎进那堆退货衣服，四处翻找，口中一直激动地说着什么，仿佛是在自言自语：

"居然把那么一件没法形容的衣服卖给这个古怪的百万富翁！托德真是个蠢蛋——天生的蠢蛋。老是给我办这样的事情！他把我们这儿每个百万富翁客人都给赶跑了，因为他就是分不清富翁和流浪汉，永远分不清。啊，我找到啦。请把那玩意儿脱下来，先生，扔到火里烧了吧。请您赏光，穿上这件衬衫和这件外套。这才对，太对了——淡雅、高贵、低调，贵族级别的别致。这是一位外国王储定做的——您说不定还认识他呢，先生，尊敬的哈里法克斯大公殿下。他当时无奈把这套衣服留下，另外做了丧服，因为他母亲就要死了——不过她没死。但这都没什么,事情总不能老是合了我们的——是合了他们的——好啦!裤子刚合适,简直叫您的魅力有增无减啊先生。现在是马甲,啊哈,又是恰恰合身!好了,外套——天啊,看啊,快看!完美——整套完美!我干了这么多年,还从来没见过这样的天作之合啊!"

我表示自己很满意。

"很好,先生,很好。不过我还得多句嘴,这套衣服也就是临时凑合穿穿,您且等着看我们为您量身定做的衣服吧。来,托德,拿上本子和笔,好好记。腿长三十二英寸"——等等。我一个字儿都还来不及插,他就已经把我全身的尺寸量好了,给店员们下命令,说给我做晚礼服、晨礼服、衬衫等各种各样的衣服。我终于找到个机会开口:

"但是,亲爱的先生,我没法定做,除非你能无限期地等我付款,或者找开那张钱。"

"无限期!这词用得可不够诚心,先生,不够好。永恒地——用这个词才对,先生。托德,这些衣服要加紧做,做好之后一刻也别耽误,马上送到这位先生府上。那些小客户让他们等一等就行了。把先生府上的地址记下来——"

"我正要搬家。我会来店里告知新地址的。"

"很好,先生,很好。等等——请让我送您出去,先生。这边请——走好,先生,祝您生活愉快。"

话说,你们应该知道接下来的必然走向了吧?自然而然地,我开始购买任何想要的东西,然后要求对方找钱。一个星期之内,我就配备了各种高级的东西,生活舒适,享用着奢侈品,还在汉诺威广场一家昂贵的私人旅馆安顿下来。我在那家酒店吃晚餐,但早餐时则必然会光临哈里斯那个简陋的小馆子——就是在那里,我用那百万英镑的钞票吃了第一顿饭。

我成了哈里斯的摇钱树。事情都传开了,那个背心兜里揣着百万英镑钞票的外国怪人,是那家小店的守护神——这就够了。这小馆子本来门庭冷落,举步维艰,勉力支撑;现在则是名扬全城,顾客盈门。哈里斯感激不尽,坚持要借钱给我花,而且容不得我推辞。于是,我这么一个穷光蛋,也有钱花,活得像权贵阶级。根据我的判断,不久以后我必然事败,但既然我现在已是身在水中,只得奋力泅渡,否则就会溺水身亡。

列位,就是这种大祸即将临头的感觉,让目前的事态变得严肃,也让人清醒,对了,还显得很有悲剧色彩,否则的话,整件事情就只剩下荒唐了。夜晚的黑暗之中,事情的悲剧色彩总是显得最为浓重,总是让我警醒,让我觉得凶险重重。所以我呻吟悲叹,辗转反侧,难以入眠。但天光之下，一切显得明亮愉悦，悲剧色彩消退得无影无踪，我又飘飘然起来，沉醉在叫人目眩神迷的快乐之中，可以说是不能自拔。

这是很自然的，因为我已经成为世界第一大都会的名人之一，必然是得意忘形，而且还不是一点点，是特别的得意忘形。随便拿起一张报纸，无论是英格兰、苏格兰还是爱尔兰报纸，总会有那么一处或多处提到那个"背心兜里揣着百万大钞的人"，以及他最近说了什么做了什么。

一开始，提到我的文章都在闲话漫谈栏的最底部。接着，我被列于骑士之上，再列于从男爵之上，再到男爵之上。之后随着我的声名不断累积，一路稳定攀升，直到到达最高地位，接着就稳居不下，高于全英格兰所有非王室成员的公爵以及大主教之外的所有神职人员。

然而，请注意，这并非真正的名望，目前为止我只是博得虚名。接着就来了高潮之作——不亚于授勋封赏——瞬间就让那容易化为泡影的虚名，变成了真正的名望，真金白银，永垂不朽。《笨拙》杂志[1]登载了以我为主题的漫画！是的，我现在算是正式功成名就了，我的地位已然确立。

---

[1]《笨拙》杂志：该杂志曾经是世界上最著名的风趣与讽刺杂志，甚至影响了全世界对英国形象的看法。

也许仍然会有人拿我开开玩笑，但都是带着敬意，绝无取笑之意，更不会粗鲁无礼。会有人对我报以微笑，但再无嘲笑。我被讽刺嘲笑的日子已成过往。在《笨拙》杂志描绘我的漫画里，我穿着一身布条飞扬的破衣服，正跟一个皇家守卫讨价还价，想买下伦敦塔。

话说，列位应该能想象吧，一个从前无人在意的年轻小伙，一朝成名，他说的任何话，都会被人记下来，四处传播。只要出门，就总能听到人们在议论纷纷："是他，就是他！"只要吃早餐，就会引来众人围观；只要出现在歌剧院的包厢，成千的长柄望远镜就会集中瞄准他。啊，我成日都畅游在一片荣光之中——如此种种，不一而足。

列位可知，我还保留着之前的破衣服，时不时地穿上，去街上亮个相，就是为了重享旧日乐趣——买点小东西，被对方羞辱，再亮出那张百万英镑的钞票，叫嘲笑我的人肝胆俱裂。但这种乐趣并不持久。报纸上的漫画使得这身打扮为大众所熟知，我穿成这样上街区，立刻会被认出来，引得众人尾随。如果想买东西，在我还没亮出钞票之前，对方就会心甘情愿地把整家店铺都赊给我。

大约在我成名后的第十天，我前去向美国驻英外交使节致意，以尽一些我对祖国的职责。他以适合我身份的热情接待了我，责备我不尽心履行公民职责，如此姗姗来迟，还说要得到他的原谅只有一个法子,就是今晚出席他的晚宴,填补一位因病缺席的客人的空缺。我答应一定赴约后,就和他聊起天来。原来他与我的父亲小时候曾是同窗,后来又同在耶鲁求学,情谊深厚,直到家父去世。于是,他便请我只要得闲便去他家做客,我自然是乐意之至。

其实,我岂止是乐意,简直是欣喜。等到总有一天事情败露,他也许能有点办法,使我免于彻底的毁灭。我也说不清该怎么做,但他也许能想个办法吧,也许。事已至此,我是断断不敢向他吐露真相的。如果放在刚来伦敦的时候——这段遭遇的初始阶段,我可能会立即这样做。不,现在我不能冒这个险,我已经入局太深,深得我无法安心向一个新朋友和盘托出,虽然在我看来,也还没有走到水已没顶的程度。因为,列位须知,我赊账借钱时,也总是很小心地量力而行——这个"力"指的是我的薪水。

当然,我也不知道以后的薪水会是多少,但我有充分的估算依据:如果我赢了赌注,就能选择那位富有老先生能力范围内能提供的任何工作,只要我能胜任即可——而我必定能证明自己可以胜任,这一点我毫不怀疑。

至于赌注嘛,我绝不担心,这一路走得是顺顺当当,运气很好。我估计自己的年薪是六百到一千英镑,也就是说,第一年年薪六百,之后逐年递增,直到我凭借自己的才干达到最高薪水。目前我欠下的债只不过是第一年的薪水。人人都争先恐后地借钱给我，但我找了种种托词，拒绝了其中大多数人。所以，我实际的欠债只有三百英镑借款，另外三百镑则是我购买生活必需品和其他东西时的赊账。我相信第二年的薪水能够让我顺利度过这个月剩下的时光，只要我继续谨慎行事，精打细算即可。我当然也会严格执行这一原则。等到这个月一结束，雇主旅行归来，我就卸下重担，万事大吉，会立即预支两年薪水，安排偿付给债主们，然后立刻专心投入工作。

晚宴共有十四人参加，宾主尽欢。出席的有肖迪奇公爵及夫人，他们的千金安妮－格蕾丝－埃莉诺－西莱斯特－等等等－德博亨小姐、纽盖特伯爵及夫人、齐普赛子爵、布兰瑟斯盖特勋爵及夫人，还有几位没有爵位的男女客人，美国使节及其妻女，还有他女儿的朋友——二十二岁芳龄的英国姑娘波希娅·兰厄姆。见面不到两分钟，我就爱上了她，她也对我一见倾心——即便不戴眼镜，我也看得明明白白。还有另一位客人，是个美国人——不过我这里是先讲了点后话。当时大家都还在客厅里，期待着晚餐，冷眼打量着这迟来的客人，仆人宣布：

"劳埃德·黑斯廷斯先生到。"

一番客套的寒暄过后，黑斯廷斯看到了我，径直向我走来，真诚地伸出手。我们刚要握手，他突然间停住了，面露难色地说：

"抱歉，先生，我想我认识你。"

"这是什么话，你当然认识我呀，老朋友。"

"不是，你不是那个——那个——"

"背心口袋怪人？就是我，确实是。你尽管喊我的绰号吧，我习惯啦。"

"哎呀，哎呀，哎呀，这可真是意外之喜。有那么一两次我看到你的名字和那绰号一同出现，但从来没想过你就是大家说的那位亨利·亚当斯。怎么？不到半年前，你还在旧金山给布莱克·霍普金斯做雇员，挣一份薪水。为了额外的津贴，你还总是熬夜加班，帮我整理核查古尔德和加利矿业公司的文件和数据。真没想到，你会来到伦敦，成了大名鼎鼎的百万富翁，还是个大名人！真是又看到现实版的《天方夜谭》啦。天啊，我真是完全无法相信，无法理解，给我点时间，叫我那天旋地转的脑子平静一下吧。"

"说句实话，劳埃德，我比你好不到哪里去。我自己也无法理解啊。"

"天哪，这话可真叫人吃惊啊，是不是？话说，我们俩一起去矿工餐厅，到今天刚好才三个月——"

"不是，是'我乐'餐厅。"

"对,是'我乐'。我们是凌晨两点去的,为了那些公司文件苦熬了六个小时,才吃了一块肉排,喝了杯咖啡。我还劝说你跟我一起到伦敦发展,还说帮你去请假,所有相关花费我来负责,要是买卖成功了,还可以分你一点好处。那时候我劝不动你,你说我做不成,你也没法付出那么大的代价,等回去之后生疏了业务,要花很多时间来重新适应上手。但是,你此刻就在我眼前。这一切是多么奇怪啊!怎么你就这么碰巧地来了,又是怎么就飞黄腾达了的?"

"哎呀,纯属意外。说来话长了——甚至堪称传奇。我会一五一十给你讲明白的,但现在不行。"

"什么时候可以?"

"本月底。"

"还有半个多月呢。这对人的好奇心是种煎熬。要不一个星期之内吧。"

"我办不到。以后你就明白了。话说你生意做得怎么样呀?"

他的快活瞬间蒸发,叹了口气说:

"你是真正的预言家啊,小亨,真正的预言家。真希望我没有来。我不想说了。"

"一定要说。今晚我们走的时候,你一定要跟我去住的地方,原原本本地告诉我一切。"

"哦，可以吗？你是认真的吗？"他热泪盈眶。

"是的，我要你巨细无遗，一字一句地讲给我听。"

"我实在太感激了，在这里遭遇了很多，又再一次从别人的声音和目光里感受到对我和我那些事的关心——天哪！我都要跪下了！"

他紧紧握着我的手，又抖擞了精神，之后便兴致勃勃地等着开餐——还没开餐，开不了。又是那个问题，那个愈演愈烈，越发严格的英国体系总是导致的问题——解决不了座次尊卑，所以根本没什么晚餐。英国人出去赴宴之前总会在家吃一顿，因为他们很清楚会面临什么风险。但从来没有人给异乡人提个醒儿，他就会这么欣欣然掉入陷阱。

当然，这次倒没谁受到伤害，因为我们都有过赴宴的经验，除了黑斯廷斯，没人是这方面的新手。而使节先生邀请他的时候就告知了：鉴于英国习俗，他没有准备晚餐。我们每人邀请了一位女士，接连走进餐厅，因为按照惯例程序还是要走一下。

但纠纷正是从那里开始的。肖迪奇公爵想要领头，坐在餐桌首席，认为自己代表了王国，王权尊贵，而使节代表的只是国民，所以他的级别比使节要高。但我坚决维护自己的权益，拒绝让步。在报纸的闲话漫谈栏，我是排在所有非王室身份公爵之前的。

我把此事明说了，并宣布自己比眼前所有人都更有领头的权利。当然啦，无论我们如何针锋相对，这个问题是解决不了的。

最终，他（很不明智地）要用出身跟年龄来压我一头。我就像跟他玩德州扑克，表示明白他下的赌注，"跟"了一个"亚当"——我可是他的直系后裔，从姓上就能看出来。而公爵呢，看名字以及那些出身诺曼的近亲来说，他最多只能是亚当的旁支。于是，我们又接连走回客厅，来了顿站立便餐：拿着装有沙丁鱼和草莓的盘子，自行聚头，站着吃完。这种情况下，大家就不会大费周章地去论座排次：级别最高的两位猜一先令硬币，胜者首先吃掉他那份草莓，输的拿到那个先令。接下来两位地位次一级的再重复这一过程，两两依次进行。饮食完毕，仆人搬来桌子，我们都玩起了克里比奇纸牌，六便士一局。英国人玩游戏，从来都不是为了单纯取乐。要是不能有得有失——他们不在乎是得还是失——他们就不会玩。

我们玩得很尽兴，至少我跟兰厄姆小姐两个人共度了一段开心的时光。我被她迷得神魂颠倒，只要手里有两组同花顺，我就数不过来。有时候已经赢了，我却根本没发现，又要从头开始。我这样本来该回回都输掉才对，但那姑娘也是同样的举动，与我同样的状态。最后我俩都没赢，也没心思去想为什么，只知道我们都很幸福，除此之外并不想了解其他事情，也不想被别人打扰。我告诉她——是真的亲口告诉了她——我爱她。至于她嘛——哎呀，她羞红了脸，连秀发都有些泛红。但她喜欢我的表白，她说了她喜欢。

哦，我从来没体验过这样的夜晚！每当移动计分板上的楔子，我都要附赠一句话；轮到她动时，她就会一边计分，一边表示收到我的心意。啊，就连简单的一句"再加两分"，我都必须要跟一句："天啊，你的样子真是甜美！"她会说："十五点得两分，再十五点得四分，又十五点得六分；凑成一对得八分，两个八分就是十六分——你真这么想？"她睫毛下那善睐明眸微微抬起，斜飞来一个眼风，啊，真是甜美又可爱。实在叫我心折！

话说，我对她可是完全诚实坦荡，告诉她我身无分文，只有那她从前已经听闻许久的百万英镑钞票，而那钞票不属于我。这话勾起了她的好奇心，于是我低声倾诉，把整件事情从头到尾地告诉了她，结果她差点笑死过去。她到底觉得这件事有什么好笑，我搞不清，但事实就是这样。每半分钟就会有新的细节引她发笑，我不得不停下一分半钟之久，等她平静下来再说。不知怎么回事，她把自己笑得站都站不稳了——是真的。我还从来没见过谁笑成这样的。说得准确一点,我从来没见过一个充满着他人麻烦、焦虑和恐惧的悲伤故事,能够产生眼前这样的效果。所以我更爱她了,因为即便没有什么可高兴的事情,她都能这么高兴,而按照事态发展,我可能很快会需要这样一位妻子。当然,我也告诉她,我俩必须得等待两年,等我还了债,能正常拿薪水了再说。但她毫不介意,只希望我能在开销方面尽可能地谨慎小心,千万不要冒险预支我们第三年的收入。接着她又略感担忧,想着我们是不是哪里没算好,把第一年的薪水估计得高了一点。她担忧得很对,叫我的信心比之前减少了一些,但也让我想到了一门不错的生意,我对她和盘托出:

"波希娅,亲爱的,等我和那两位老先生见面那天,你介意和我一起去吗?"

她略显踌躇,但仍然说道:

"不——介意,如果我在身边能鼓励你就好。但是——你觉得这样得体吗?"

"不,我不知道是否得体——其实还担心并不得体呢。不过,你明白吗,这件事情很重要,因为——"

"那我就去,管它得不得体的,"她说得满怀热情,是那样美丽,那样慷慨,"啊,一想到我能帮忙,真是太开心了!"

"帮忙是什么话呀,亲爱的?这事儿可全靠你啦。你又美,又可爱,又讨喜,只要你和我一起去,我就能把薪水一提再提,高到那俩好老头都要破产了,都不忍心还个价。"

哎哟!列位是没看到啊,她那涨得通红的脸,和那幸福得发光的双眼!

"你这个不正经的马屁精!你嘴里没有一句实话,但我还是会跟你一起去的。也许这一趟你就会得到教训,不要指望别人也和你眼光一样。"

我的疑虑消散了吗?我的信心回来了吗?下面这个事实可以让您有个判断:我当场就暗暗决定,要把第一年的薪水提到一千二百英镑。但我暂时没跟她讲,希望留到后面给她个惊喜。

回家的路上我都轻飘飘的,如在云端,黑斯廷斯说的话我一个字儿也没听进去。我俩一起走进我的客厅,他对我精致舒适而奢华的生活热情称羡,这才让我清醒过来。

"就让我在这里驻足片刻,一饱眼福吧。我的天啊!这里堪称宫殿——就是宫殿啊!人满足身体享受所渴望的一切东西都在这儿啦,炭火是多么舒适,现成的餐食是多么美味。亨利,到了这儿,我不仅认识到你是多么富有,也从骨子里彻底认识到我自己有多穷——我多么贫穷,多么悲惨,真是一败涂地,走投无路,废人一个了!"

糟糕！这些话叫我不寒而栗。恐惧让我彻底清醒过来，我又认识到，自己正缩在很薄很薄的壳上，脚下就是火山口。我都没意识到自己一直在做梦——在过去一段时间里，我故意不去想现实情况。然而现在——哦，天啊！我债台高筑，身无分文，一个可人儿是幸福还是悲惨完全由我掌控，未来什么也没有，只有一份工资，可能是永远——哦，应该是永远——都无法兑现！哦！哦！哦！我完蛋了，我没希望了，什么也救不了我！

"亨利，你每天的收入里面，光是来点微不足道的零头，就能——"

"哦，我每天的收入！来，喝了这杯热辣辣的苏格兰威士忌，振作精神。敬你！哎呀，忘了——你还饿着呢。坐下，我们——"

"我一口也吃不下，已经饿过劲儿了。这些天我都吃不下饭，但我愿意跟你喝酒，喝个一醉方休。来吧！"

"一桶一桶地来！我奉陪到底！准备好了？我们开始！好啦，劳埃德，我来调酒，把你的事儿好好跟我说说。"

"跟你说说？什么，再讲一遍？"

"再？你这话什么意思？"

"什么意思？就是你还想再从头到尾听一遍？"

"我还想从头到尾听一遍？我听不明白了。等等，这酒你先别喝了,你已经醉了。"

"哎呀,亨利,你吓到我了。回来的一路上我不是都跟你讲了吗?"

"你?"

"是啊,我。"

"那我可真是一个字儿都没听进去啊。"

"亨利,这问题有点儿严重啊。我想不通了。你在使节那里遇到什么事儿啦?"

电光石火间我全想明白了,就像个爷们儿一样爽快承认了:

"我已经把这世界上最可爱的姑娘——收服了!"

他一下子冲到我面前,我们不停地握手,握手,握得手都疼了。我们回来的路上走了将近五公里,他讲的故事我一点儿没听进去,他也不怪我,只是又好脾气地坐下来,耐心地从头到尾再讲了一遍。长话短说,他的故事大概是这样:他来英国,自以为抓住了一个大好机会。他有期权,可以出售古尔德和加利矿业公司的开采权,超出一百万的部分全部归他。他拼命努力,动用了自己手上所有的人脉关系,一切正当的途径都试过了,几乎花光了自己全部的积蓄,却没能说动任何一个金主,这个月期权就要结束了。简言之,他就要完蛋了。说完他一蹦老高,喊道:

"亨利,你能救我!你是这世上唯一能救我的人。你是愿意,还是不愿意?"

"讲讲我怎么救你。说出来吧,老朋友。"

"给我一百万和回家的路费,买下我的期权!不要,不要拒绝我!"

我可真是有苦难言。下面这些话已经到了嘴边:"劳埃德,我自己也是个穷光蛋——完全是身无分文,还欠了一屁股债!"然而,脑子里突然闪过一个狂热的念头,我咬紧牙关,尽量冷静下来,摆出资本家一般的漠然态度。接着我开了口,一副泰然自若的生意人派头:

"我会救你的,劳埃德——"

"那我已经得救了!上帝永远保佑你!要是我——"

"听我说完,劳埃德。我会救你,但不是你说的那样救,因为那对你不公平,你这么辛苦地工作,冒了这么大的风险。我也不用买矿山。没有矿山,在伦敦这样的商业中心,我的资金也照样能流动,我不是一直在做这事儿吗?但让我跟你讲讲我怎么救你吧。我当然是对那座矿了如指掌,知道它有很大价值,为这个我可以对任何人赌咒发誓。你尽管以我的名义去销售,这样不出半个月,就能售出三百万现金,赚来的钱咱们对半分。"

列位可知,他都高兴疯了,手舞足蹈的,要不是我把他绊倒了再捆起来，家具都要被他糟蹋成一堆废柴，所有的东西都要被他打破了。他被捆着躺在地上，开心极了：

"我能以你的名义！你的名义——想想吧！那些个有钱的伦敦人啊，他们肯定会成群结队来买的，还会为了抢股大打出手！我成功啦，我从此无忧了，只要我活在世上一天，就永远不会忘记你！"

不出二十四小时，伦敦城就闹得沸沸扬扬！我别的什么事也不干，成天就是坐在家里，对所有来客说：

"是的，是我告诉他提我名字的。我和他是旧相识，我也了解那座矿山。他的为人无可指摘，矿山的价值也是远超他的要价。"与此同时，我每天晚上都在使节府上与波希娅共度美好时光。矿山的事我对她只字未提，准备留着给她一个惊喜。我们倒是聊了薪水的事情，只聊薪水与爱——有时候聊薪水，有时候聊爱情，有时候爱情和薪水一起聊。哎呀！使节的夫人和女儿对我们这小小情事可是极其感兴趣，发挥了各种聪明才智，让旁人不要打扰我俩谈情说爱，还瞒着使节先生，不叫他起疑心——她们可真是好人啊！

一月之期终于到了，我在伦敦郡银行已经有了户头，名下有一百万美元存款，黑斯廷斯也和我财产相当。我穿上最体面的一身衣服，驱车经过波特兰广场边的那座宅子前——看样子我要找的人已经回家。我继续驱车去了使节家，接上我的宝贝，又往回开，一路都在热烈讨论薪水的问题。她又激动，又焦急，那样子真是美得势不可挡。我说：

"亲爱的，你这么美，我必须要求个三千英镑的年薪，少一个便士都是罪过。"

"亨利啊，亨利，你会把我俩都毁了的！"

"你不用害怕。只要保持这副美貌就好，别的放心交给我。一切都会没问题的。"

不过呢，这一路上，我都得不停地给她加油打气。她一直恳求我说：

"你一定要记住，要是我们要得太多，可能一分钱薪水也拿不到。在这世上没了挣钱谋生之道，我们该怎么办啊？"

还是上次那位仆人，把我们领进了门，两位老先生出现在我眼前。当然，看到我身边跟着这么一位妙人，他们都很惊讶，但我开口了：

"没事的，先生们，她是我未来的归宿和贤内助。"

我把两位先生介绍给波希娅，说出了两人的名字。他俩对此并不惊讶，知道我只要查查名址录就能掌握这个信息。他们请我俩入座，对我礼敬有加，对她也殷勤热切，尽量消除她的局促，叫她舒服自在。接着我说：

"先生们，我准备好了，可以汇报了。"

"我们乐意聆听，"给我写信的那位说道，"这样就能决定我和哥哥阿贝尔打的赌是谁输谁赢了。如果你为我赢得了这场赌局，就能得到我能力范围内可安排的任何工作。你手里还有那百万英镑的钞票吗？"

"在这儿呢，先生。"我把钞票递给他。

"我赢啦！"他大喊一声，拍了拍阿贝尔的后背，"你还有什么话说，哥？"

"我说嘛，他确实是活下来了，我损失了两万英镑。若非亲眼所见，我不会相信的。"

"我还有更多事情要汇报，"我说，"这就说来话长了。请你们允许我很快再来，把这一个月的经历详细讲讲。我向你们保证，绝对值得一听。现在，看看这个。"

"什么，天啊！二十万英镑的存款证明。这是你的吗？"

"是我的。三十天来我明智地运用了你们给我的那笔小借款，赚了这些钱。不过我也只是去买些小物件，拿出钞票来叫他们找钱。"

"哎呀，真是惊人，难以置信啊，天啊！"

"没关系，我会证明的。别以为我在信口胡诌。"

不过，现在轮到波希娅吃惊了。她瞪大了眼睛：

"亨利，这真的是你的钱吗？你一直在骗我？"

"我是在骗你，亲爱的。但我知道，你一定会原谅我的。"

她噘起小嘴说："你可别这么笃定。你这么骗我，真不是个好东西！"

"哎呀，你不会在意的，我的宝贝儿，不会的，只不过是开玩笑嘛。来，我们走吧。"

"等等，等一下！工作的事儿，我想给你那份工作。"我的大恩人说。

"嗯，"我说，"我感激不尽，但说实在的我不想工作了。"

"但你可以在我能力范围内随便选择最好的呢。"

"再次致以衷心感谢，但就算这样我也不想要。"

"亨利，我真为你羞愧，不要辜负了这位好心的先生的盛情，让我替你向他表示谢意吧！"

"确实，亲爱的，要是你能充分表达谢意的话，请便吧。让我看看你怎么做。"

她走到我的恩人身边，坐在他膝上，伸手搂住他的脖子，对着他的嘴上就是一吻。两位老先生哈哈大笑，我却目瞪口呆，甚至可以说是动弹不得。波希娅说：

"爸爸，他说你能力范围内的工作他没有想要的，我可真是难过——"

"亲爱的，这位是你的爸爸？"

"是啊，他是我的继父，天底下最好的爸爸。你现在明白了，是不是？在使节家里讲爸爸和阿贝尔伯伯给你造成的烦恼忧虑时，我为什么会笑成那样。你那时候还不知道我的身份。"

当然，现下我马上就开了口，绝不开玩笑，直入重点：

"哦，我最最亲爱的先生，刚才说的话我都收回。你手下有个空缺的工作，是我向往的。"

"说出来。"

"女婿。"

"好吧，好吧，好吧！但你也清楚，这个工作你还从来没做过，所以无法获得举荐，证明你能满足合同规定的条件，所以——"

"让我试试吧——求你了，一定要！让我试个三四十年的，要是——"

"哦，好吧，行吧。这只是个小小的请求，带她走吧。"

我们俩高兴吗？翻遍毫无删节的大词典也找不到合适的词来形容我们的开心。一两天之后，我和那张钞票一个月中的种种传奇经历和最后的结局传遍了伦敦城，大家是否都在兴致勃勃地谈论此事呢？

答案是肯定的。

我的波希娅啊，她的父亲把那张带来友谊与热情的钞票带回英格兰银行兑现。银行注销票面之后，又作为礼物送还给他。在我们的婚礼上，他又将其转送给了我们。从那以后，这钞票就被镶了框，挂在我们家最神圣的位置，因为是它把波希娅带给了我。要是没有它,我不会留在伦敦,不会出现在使节家中,永远不会与她相遇。所以,我总是说:"是啊,你看到的是一张百万英镑钞票,但它一辈子只买过一次东西,买那件东西花的价格,也只有那东西实际价值的十分之一而已。"

近期法式大决斗

有些聪明人，总喜欢大肆嘲笑现代法式决斗；尽管如此，那实际上是我们目前最危险的一种制度。因为决斗场地总是在户外，所以参战者几乎肯定是要着凉的。最是积习难改决斗成性的法国人保罗·德·卡萨尼亚克先生，就经常因此生病，最终卧床不起。巴黎最好的医生也表示，如果他再决斗个十五或二十年，最终必将有性命之忧，除非养成习惯，在一个舒服的房间里决斗，不让湿气和寒风侵入他的身体。

这件事应该能让某些顽固的人稍稍闭嘴，他们总是坚称，法式决斗是最有益于健康的消遣娱乐活动，就因为是在户外进行锻炼。这件事同时也能驳斥另一种愚蠢的观点：只有法式决斗者和社会主义者们仇恨的君主才是永生不死的。

不过，现在该说到我的正题了。我一听说甘贝塔先生和富尔图先生最近在法国议会中爆发了激烈争吵，就知道一定会有麻烦。我之所以知道，是因为和甘贝塔先生有长期的私交，把他看得很透，明白他那不顾一切、顽固不化的性子。他的身形很是宽大，我却很清楚，对复仇的渴望会渗透到他全身的每个角落。

我没有等着他来找我，而是立刻去找了他。如我所料，这位勇敢的朋友正沉浸在一种深切的法式冷静之中。我专门说是"法式冷静"，是因为法式冷静与英式冷静有一些不同点。他正在残破狼藉的家具当中迅速地来回踱步，时不时就随机把某块家具碎片从房间这头踢到那头，咬牙切齿地不断从牙缝中蹦出絮絮叨叨的咒骂，不时突然停下，又扯下一缕头发，放在桌上已经积起来的那一堆上。

他甩开胳膊搂住我的脖子，按住我贴近他的腹部和胸口，亲吻了我的双颊，和我拥抱了四五回，让我坐在他本人常坐的扶手椅上。我刚回过神来，我俩就开始谈正事了。

我说，猜想他应该是希望我做他的决斗助手。他说，当然。我说，那一定要允许我用法国名字来参与决斗，这样如果决斗伤及性命,我在自己的国家不至于遭到责骂。听了这话,他抽搐了一下,也许是觉得我这话暗示了决斗行为在美国不受尊重吧。不过,他还是答应了我的要求。所以,之后报纸报道甘贝塔先生决斗时,他的助手都显然是个法国人。

首先,我们为这位参与决斗者订立了遗嘱——这是我坚持而且决不让步的。我说还从没听说过哪个精神正常的人会不立好遗嘱就前去参加决斗。他说还从没听说过哪个精神正常的人做过这类事情。遗嘱立好之后,他希望能继续写自己的"遗言"。他想让我听听下面这些临终感叹,说说自己的看法:

"我为我的上帝而死,为我的祖国而死,为言论自由,为文明进步,为全人类的兄弟情谊而死!"

我表示反对,因为这样就把临终的时间拖得太久了。如果得的是肺痨,发表这么一篇临终演说是挺精彩的,但不适合决斗场上的紧急状况。我们提出了很多临死前的激情喊话,为此争执不休,但最终我说服了他,把悼词浓缩成下面这一句话,他抄写进了备忘录,准备牢记于心:

"我死了,法兰西长存。"

我说,这句话在决斗场上不太应景。但他说留遗言的时候应不应景的没关系,激昂才是最重要的。

接下来要进行的事项就是选择武器。我的决斗勇士说,他身体不太舒服,希望能把这件事和决斗相关的细节都交给我来办。因此我写了下面这封短信,带给了富尔图先生的朋友:

阁下:

甘贝塔先生接受富尔图先生的挑战,并授权我建议将决斗地点选在普莱西-皮凯[1];时间选在明天清晨破晓之时;武器就用斧子。谨在此致以我无限的敬意。

马克·吐温

富尔图先生的朋友读了这封短信,打了个寒战。他转过身来,带着严厉的口气对我说:

"先生,您可曾想过,这么一场决斗,会带来什么不可避免的后果呢?"

"那么,您给我举个例子吧,会有什么后果?"

"流血!"

"就是这么回事儿啊,"我说,"那么,恕我冒昧,您这边想要流什么呢?"

---

1 普莱西-皮凯:法国一地区,在巴黎西北郊。

这下我把他问得哑口无言。他也发现自己说错了话，赶紧想要解释一下。他说刚才是在开玩笑，又补充说他和那位决斗勇士都很喜欢用斧头，说实话，是最喜欢用斧头，但法国的法律禁止使用这样的武器，所以我必须另行建议。

我来回踱步，默默地思考了一番，最终想到，隔着十五步的距离，用加特林机枪对彼此射击，应该能够在决斗场上分出个明白的胜负。于是我措辞一番，把这个主意提了出来。

但对方没有接受，又把法律禁止搬出来说事。我又提出用来复枪，再提出用双管猎枪，再建议用柯尔特海军左轮手枪——所有的提议均被拒绝。我又思考了一会儿，然后带着嘲讽的语气建议说，要不双方隔着一千二百米左右的距离互相投掷砖头。我一向讨厌向一个毫无幽默感的人说幽默的话，这样完全是白费力气。结果对方一脸严肃地离开，要把最后这条建议报告给他的决斗人，搞得我心里难受得很。

不多会儿，他就回来了，说决斗人很中意双方隔着一千二百米左右互相投掷砖头这个提案，但是，因为可能会给从两人中间经过的无关人士造成危险，只得拒绝了。

于是我说：

"那么，我现在是黔驴技穷啦。要不请您受累建议一种武器吧？可能您已经早就想好了吧？"

他满脸放光，忙不迭地回答：

"哦，那是肯定的，先生！"

于是他低头在口袋里掏啊掏——一个接一个的口袋，他有很多口袋，边掏还边嘟囔着："哎呀，我能把它们放在哪儿呢？"

他终于找到了。他从马甲口袋里掏出两个小玩意儿，我拿到光亮的地方仔细看，才发现是手枪——是单管镶银的小手枪，雅致漂亮。我实在无法表达内心的五味杂陈，只是默默地将其中一支挂在我的表链上，另一支还给了他。我的这位"共犯"又展开一张卷起的邮票，里面包着几颗子弹，把其中一颗给了我。我问他，这是不是表示我们的决斗人各自只允许开一枪。他回答说法国的法律规定上限如此。接着我求他把剩下的事情也做了，提议两人相隔的距离。因为我的头脑一直处于紧张状态，到现在已经非常迟钝，且糊涂得很。他提出六十五码的距离。我的耐心快被磨没了。

我说："用这两个玩意儿，距离六十五码？要是距离五十码用水枪互射，造成的伤害都要比这大。想想吧，我的朋友，你我相聚在这里谋事，是为了让人丢命，不是要叫他们永生。"

然而,不管我如何劝说,不管我如何争论,最后只是让他把距离缩短到三十五码。即便是这样的让步,他也是不情不愿,还叹了口气说:

"这件屠杀之事我从此洗手不管,一切由您承担。"

我没别的事情好做,只能回去把这屈辱的经历一五一十地告诉那位老勇士。我一进门,就看到甘贝塔先生把他的最后一缕头发放在祭坛上。他朝我蹦了过来,大喊着:

"你已经把那件要命的事情安排好了——从你的眼神就能看出来!"

"安排好了。"

他的脸色略微苍白了一些,身体斜靠在桌边支撑着。有那么一会儿,他的呼吸变得急促而沉重,他的情绪激昂纷乱,接着他用嘶哑的声音低语着:

"武器,武器!快!告诉我要用什么武器?"

"这个!"我拿出那个镶银的东西。他只瞥了一眼,就重重地昏倒在地上。

等终于苏醒过来,他悲戚道:

"我总是强迫自己要勉强装出一副镇定自若的样子,真是让我精神紧张。但现在我要完全弃绝软弱!我要像一个男人,一个法国男人那样,直面自己的命运。"

他站起来,一副器宇轩昂的崇高模样,凡俗的男人绝没有比得上的,连塑像之中能与之媲美的都屈指可数。接着他用低沉厚重的声音说:

"看哪,我是多么镇定自若,我已经做好准备了。请告诉我决斗距离吧。"

"三十五码。"

我当然没法把他扶起来,但帮他翻了个身,在他背上淋了水。他旋即恢复了知觉,说:

"三十五码——连个扶手都没有?但我有什么好问的呢?要是那人存心要命,哪会在这些小细节上费心?但我要告诉你一件事:我一倒下,全世界都会见证,法国的骑士精神就此死亡。"

沉默半晌,他问道:

"有没有提到他的家人也要和他站在一起?这样才能平衡我的高大身材¹。但是没关系,我可不要屈尊提出这样的建议。要是他自己不够高风亮节,没有主动提出来,那他尽管占了这个便宜吧。可没有哪个人品高贵的人会占这样的便宜呢。"

说完他便陷入恍惚的沉思中,持续了好几分钟,之后

---

1 决斗中,身材越高大越容易被击中。

他打破沉默道：

"时间，决斗定在什么时间？"

"破晓时分，明天。"

他一脸大为惊诧的样子，立即回应道：

"疯了吧！我从来没听说过这等事。那个时间没人会在外面的。"

"所以我才提出选在这个时间。您是想有人观战吗？"

"这时候别去扯皮抠字眼了。富尔图先生怎么会同意这么新颖奇特的安排呢？我很震惊。你马上去找他，要求换一个晚一点的时间。"

我跑下楼，猛地推开前门，差点跟富尔图先生的助手撞个满怀。他说：

"容我代表决斗人回复，他极力反对选定的时间，请求您同意将其改为九点半。"

"阁下，我方愿意尽全力效劳，只要能办到的事，都愿意为您的决斗人阁下办到。我们同意您关于更改时间的建议。"

"我请求您接受我方委托人的谢意，"接着他转头对身后的一个人说，"您听到了，努瓦尔先生，时间改到九点半了。"努瓦尔先生闻言鞠躬，表示谢意后离去了。我的"共犯"继续道：

"如果您觉得合适,贵方和敝方的主要外科医生可按惯例同乘一辆马车前往决斗场。"

"我完全没有意见,也感谢您提到外科医生,因为我恐怕是想不到这么周到的。我应当配备几位医生呢?我想两三位就够了吧?"

"双方各配备两位,这是惯例。我这说的是主要的外科医生。但是,考虑到我们双方委托人地位尊贵,以礼节规矩为重,我们应该从医术最为高明的专业医生中指定数位顾问医生。他们将乘坐自己的私人马车前往。您安排好灵车了吗?"

"瞧我这猪脑子,我竟然一点儿都没想到!我马上去办这件事。您一定觉得我这人太蠢了吧;但您可千万别计较这事儿,因为我以前还从来没见识过这么厉害的决斗呢。我在太平洋沿岸经历过不少决斗,但现在看看那些,都是多么粗糙的事情啊。灵车——天哪!那边要是谁'中了',我们就任他躺在那儿好了。谁愿意的话把他们用绳子捆起来,用车拉走得了。您还有什么进一步的建议吗?"

"没别的了,不过领头的那些送葬人得同乘一辆马车去,这是老规矩。他们的助手和受雇来送葬的人就步行前往,这也是老规矩。我们俩早上八点见吧,然后安排一下队伍顺序。现在容我告辞,祝您生活愉快。"

我回到自己的委托人身边,他说:"很好,现在决斗安排几点开始?"

"九点半。"

"那实在是太好啦。你把这个消息告诉报社了吗?"

"先生!我们相识多年,友情深厚,您竟然认为我会做出这样卑鄙的背叛——"

"啧,啧!你这说的什么话啊,亲爱的朋友?我的话伤了你吗?啊!原谅我,我真是给你添了太多麻烦。那么你就去安排别的事情吧,这件事情就别管了。那个嗜血成性的富尔图肯定会办这事儿的。或者我自己去——嗯,稳妥起见,我就给我那个记者朋友,努瓦尔先生递个信儿——"

"哦,我想您就不用费这个心啦,那边的助手已经通知了努瓦尔先生。"

"哼!我该想到的。富尔图就是这样的人,总是想出风头。"

早上九点半,人车列队,向普莱西-皮凯决斗场进发,顺序如下:首先是我们的马车,里面只有甘贝塔先生和我;接着是富尔图先生和他的助手乘坐的马车;第三辆马车里是两位不信上帝的诗人演说家,葬礼悼词从他们胸前的口袋里露出来;后面跟着载有主要外科医生的马车,他们各自带着手术用具箱。再后面是八辆私家马车,乘客都是顾问医生；他们后面是一辆雇来的车，验尸官坐于其上。再是两辆灵车，灵车后面的马车上坐着领头送葬人，再后面跟着一列步行的助手和受雇送葬人。这一大队的后面，还有长长的队伍，是随队伍流动以求谋生的人们、警察，以及普通市民，在晨雾中踽步而行。前来参加这盛事的人数真是可观，要是晨雾能薄一些，看上去可真是气派体面。

队伍中无人交谈。我好几次想和决斗人攀谈，但看样子他根本听不进我的话，因为他总在看自己的笔记本，心不在焉地嘟囔着："我死了，法兰西长存。"

抵达决斗场后，我和自己的助手同行用脚步测量出了三十五码的距离，然后抽签决定站位。后面这步其实就是走个形式，因为在这样的天气下，选择什么站位都一样。初步的准备都齐全了，我回到决斗人那里，问他是否已经做好了准备。他充分地伸展手脚，厉声回答："准备好了！开始战斗吧。"

稳妥起见，事先指定了几位见证人，现在在他们的见证下，子弹上了膛。如此的天气状况下，我们认为最好是点灯进行这项细致的工作。之后，双方的决斗人各自就位。

此时，警察注意到人群自发地大量聚集在决斗场的左右两边，因此请求推迟，让他们好把这些可怜人安置到安全的地方。请求得到了许可。

警察命令两边的人群站到决斗者身后，一切再次准备妥当。雾更浓了，我和对方助手达成共识，在发出决斗开始的信号之前，我们应该彼此大喊一声，好让两位斗士确定对方所站的位置。

于是我又回到决斗人身边，看到他精神已经低落下去，大不如前，不觉自己也紧张苦恼起来。我尽力让他振作起来，说："说实话，先生，事情并没有看上去那么糟糕。想想你用的是什么样的武器，射击的次数也非常有限，你们俩距离那么远，雾浓得无法穿透，再加上，有个决斗人是独眼龙，另一个是斗鸡眼加近视，在我看来，这场决斗不一定会闹出人命。所以，振作起来吧，不要这么垂头丧气的。"

我这番话收效甚伟，决斗人立刻伸出手说："我恢复了，把武器给我吧。"

我把那把孤零零的小手枪，放在他巨大厚实的手掌之中。他凝视着这武器，身体打颤。接着，他脸上仍然带着悲戚的神情注视着手枪，嗓音沙哑地喃喃道：

"呜呼，我怕的不是死，而是变成残废啊。"

我再次鼓励他，再次收效甚伟。他旋即道："就让悲剧启幕吧。请你站在我身后，别留我独自一人去经历这肃穆的时刻，我的朋友。"

我向他做出了保证，然后协助他举枪瞄准一个地方——我认为他的对手应该就站在那个方向，再提醒他留神听好我那位助手同行的喊声。接着我站在甘贝塔先生后面，托住他，并发出一声充满激情的"呜呼！"。遥远的浓雾之中传来一声回应，我立刻喊道：

"一，二，三，开枪！"

我耳边响起两声类似于"噼啪！噼啪！"的轻响，与此同时我被一座肉山猛地压倒在地。我虽然被完全埋在其中，还是能听到上面传来微弱的声音，大概是这样的话：

"我死了——死了——见鬼，我为啥死来着？……哦，对了，法兰西！我死了，法兰西长存！"

外科医生们一窝蜂地围过来，手里举着医用探针，用放大镜把甘贝塔先生全身上下检查了个遍，高兴地宣布结果，说没有找到任何受伤的痕迹。接着就出现了一幕无论如何都可喜可贺、鼓舞人心的场景：

两位斗士扑向对方，彼此搂住脖子，自豪与欢乐的泪水止不住地流淌，对方助手则拥抱了我，外科医生、演说家、殡葬人士、警察……人人都相互拥抱起来，互相祝贺，人人都在大声呼喊，空气中流淌着赞颂的气息和无法言说的喜悦。

此时此刻，我觉得比起头戴王冠、手握权柄的君主，我更愿意做法国决斗英雄。

这一阵骚动稍微平息之后，外科医生团队便进行了会诊。经过激烈争论，他们认定，只要治疗得宜，护理周到，有理由相信受伤的我能活下来。他们诊断我的内伤相当严重，因为很显然一根断掉的肋骨刺穿了我的左肺。我的很多器官都被挤得严重错位，他们强烈怀疑这些器官在距原来位置如此偏僻又陌生的位置，还能否重新发挥各自的功能。接着他们给我的左臂两处做了正骨，将我的右髋骨复了位，再把我的鼻子重新抬高到原来的位置。我成为大家深感兴趣甚至崇拜的对象，很多真诚而热心的民众都前来对我自我介绍，说能认识我这个四十年来首次在法式决斗中受伤的人，他们深感自豪。

我被安置在队伍最前头的救护车里，在一片喜悦的喝彩之中被送到巴黎，成为那场精彩盛事之中最引人注目的人物，被妥善安放至医院里。

我被授予了一枚荣誉十字勋章，尽管没有受过这项荣誉加身的人倒不多。

这就是本时代最值得纪念的一次私人冲突，字字属实。我的身体是否能康复如初，仍然存疑，但希望永存。我仍能口述，但并不确知是否还能再次提笔。

我对任何人都毫无怨言，一切行动都是我自愿做出，一切后果我也能够承担。并非夸口，我觉得自己完全可以说，我不怕站在当代法式决斗人面前，但我永远不会同意站在其中任何一位身后了。

一次奇遇

这是一位少校对我讲述的故事,在此我尽量忠实地进行复述:

一八六二到一八六三年之间的冬日,我在康涅狄格州新伦敦特兰伯尔要塞做指挥官。那儿的生活也许没有"前线"那么活跃,但也有其独有的活跃方式——还是会发生一些叫人绷紧神经的事情,脑子不至于变成一坨废铁。就说这么一件事,那时候整个北方都在流传一个什么传言,真是沸沸扬扬——说是到处都有叛军的间谍出没,准备炸毁北方的要塞,烧毁我们的旅馆,把感染了病菌的衣料送到我们的城镇,反正就是诸如此类的破坏。这些你应该都记得。这些传言都起到了效果,让我们保持清醒,给一直以来都沉闷无聊的要塞卫戍生活敲响了警钟。而且,我们那个要塞还是个招兵站,也就是说,我们根本没有任何空闲时间能浪费在打瞌睡、做白日梦或者游手好闲上。哎呀,就算我们那么警惕小心,每天征的新兵里,还是有五成会逃出我们的手掌心,当天晚上就溜号了。入伍的奖励金是一笔巨款,新兵蛋子能给守卫三四百美元,让他放自己逃掉,之后还能剩下不少钱,这对穷人来说已经很多了。是啊,就像我之前说的,我们的生活可一点也不无聊。

嗯,有天我独自待在营房写东西,一个十四五岁、脸色苍白、衣服破烂的小伙子走进来,干净利落地鞠了个躬,说:

"请问这里招新兵的吧?"

"是的。"

"请问您能收下我吗,先生?"

"哎呀,这可不行!你年纪太小啦,孩子,个子也太小。"

他脸上露出失望的表情,很快就越来越阴沉,看上去心灰意懒。他慢慢地转过身,好像要走掉,又迟疑片刻,再次转身看着我,用一种直抵我内心的语气说:

"在这世上,我没有家,也没有朋友,要是您能收下我,就太好了!"

但这事儿当然是绝对没的商量——我用最温柔的语气告诉了他。接着我请他在炉子边坐下暖和暖和，又说：

"你应该马上吃点东西，饿了吧？"

他没有回答，也不需要回答，他那双温柔的大眼睛里露出的感激之情要胜过任何言语。他在火炉边坐下，我继续写东西。偶尔我会暗暗瞥他一眼，发现他的衣服和鞋虽然又脏又破，裁剪和料子却都是上好的。这一点能说明很多问题。在我看来，同时说明问题的还有他的声音低沉悦耳，他的双眼深邃忧伤，他的谈吐仪态都温文尔雅。显然，这个可怜的小伙子是遇到什么麻烦事了，我自然对他很感兴趣。

不过，我逐渐沉浸到写作当中，完全把那个孩子忘在脑后。也不知道写了多长时间，但我终于碰巧抬头看了一眼。那孩子背对着我，但脸也微微转着，我可以看到他的侧脸——一串无声的眼泪正如小溪般从那脸颊上滑落。

"上帝啊，原谅我吧！"我暗暗自语，"我忘了这可怜的家伙还饿着肚子呢。"我赶紧弥补自己残酷的行为，对他说："来吧，小伙子，你和我一起吃饭吧，今天就我一个。"

他又感激地看了我一眼，脸庞快乐得放光。来到餐桌边，他先用手扶着椅背，等我坐定了，自己再坐下。我拿起刀叉——好吧，我拿起来后就没有动，因为这孩子低下了头,在做无声的祷告。关于家乡与童年的圣洁回忆如潮水般涌来,我叹息着,反思自己已经不知不觉地漂泊了这么远,远离了宗教,也远离了宗教对受伤之心的疗愈,以及它带来的安慰、舒缓与鼓励。

我们继续用餐,过程中我发现年轻的威克洛——他全名叫罗伯特·威克洛——很熟悉餐巾的用法,还有——哎呀,总而言之吧,我观察发现他是个教养很好的孩子,细节就不赘述了。而且他淳朴坦率,这一点深得我心。我们聊的主要是关于他自己的事情,我询问他的来历,他都直言不讳。他说自己土生土长在路易斯安那,我更是笃定了自己对他的好感,因为我也在那里待过一段时间。

我对密西西比州海岸线那一带了如指掌,也非常喜欢,而且离开那里也不算太久,仍然保持着浓厚的兴趣。光是从他嘴里说出来的地名,就让我听得十分开心——开心得我故意引导话头,好让他多说点这一类的地名。巴吞鲁日[1]、普拉克明、唐纳森维尔、六十英里点、博内特-卡尔、卸货码头、卡罗尔顿、汽船码头、汽筏码头、新奥尔良、周比都拉斯街、滨海大道、好童街、圣查尔斯旅馆、蒂沃利广

---

[1] 巴吞鲁日:路易斯安那州州府。后面的地名也都是路易斯安那州的城市或者特色地点。

场、贝壳路、庞恰特雷恩湖……尤其让我心情愉悦的,是又听到了"李将军"号、"那切兹"号、"日蚀"号、"奎特曼将军"号、"邓肯·肯纳"号等熟悉的汽船名字。跟他聊天感觉真好,几乎就像故地重游,这些名字所代表的事物,是那样清晰地重现在我的脑海之中。我简单讲讲小威克洛的来历吧:

战争爆发的时候,他和他病弱的姑姑以及父亲住在巴吞鲁日附近一个附属的大型种植园中,他的家族拥有这个种植园已有五十年之久。父亲是支持联邦的,尽管因此受尽各种迫害,但矢志不渝、忠心不改。最终,一天晚上,一群蒙面人烧毁了他的宅子,一家人不得不仓皇逃命。他们四处都遭遇围追堵截,充分领教了贫穷、饥饿和痛苦的滋味。

最终,病弱的姑姑解脱了:她死于穷困悲惨与风餐露宿,死在空旷的田野之中,像个流浪汉。大雨打在她身上,头顶上雷声轰隆。这之后不久,父亲又被一个武装队俘虏了,尽管儿子苦苦哀求,他仍然眼睁睁地看着自己的父亲被绞死在自己面前。(讲到这里,小伙子的眼中射出凶光,他自言自语道:"就算我参不了军,也没关系——总有办法的,总有办法的。")

凶手们宣布父亲死亡之后,就对儿子说,要是他不在二十四小时之内滚出那个地区,日子绝对不会好过。当天晚上,他悄悄地来到河边,藏在一个种植园的码头附近。不久,"邓肯·肯纳"号在那个码头停靠,他沿着河游过去,藏在拖在船尾的那艘小艇上。天亮之前,船就抵达了卸货码头,他便溜上了岸。

他走了将近五公里,从上岸的地方走到了新奥尔良好童街一位叔伯的家中,暂时结束了担惊受怕的逃亡生活。但这位叔伯也支持联邦,不久就认定自己最好离开南方。于是他和小威克洛搭一艘帆船溜出了南边,很快到了纽约,在阿斯特旅社住了下来。

有那么一段时间,小威克洛过得很愉快,在百老汇大街上逛来逛去,见识着北方的各种奇特景象,但最终事情起了变化——并且不是好的变化。那位叔伯一开始情绪高涨,后来却开始愁眉苦脸,垂头丧气,而且,他也变得喜怒无常,十分烦躁,总是絮叨着钱花出去了,又没有开源之道——"剩下的钱养活一个都不够,更别说两个了。"

于是,一个早晨,他失踪了——没有来吃早餐。孩子去找旅社的人,听他们说叔伯前一晚付清了账,一走了之——那人认为他是去了波士顿,但也不确定。

孩子孤身一人,无依无靠。他不知道该怎么办,但认定最好的办法就是努力追过去,找找叔伯。他去了汽筏码头,发现口袋里那点可怜的钱财根本不够去波士顿,不过,倒是够去新伦敦的。于是他就上了去那个港口的船，决心相信上帝，船到桥头自然直，剩下的路程他也能想到办法。如今他已经在新伦敦的大街小巷逡巡了三天三夜，靠着好心人的施舍，讨得点食物和打盹的地方。但他终于完全放弃了，勇气与希望已经烟消云散。要是能参军，他会比任何人都感激不尽；要是还不能做士兵，做个敲战鼓的总可以吧？啊，他会努力卖命，让人满意，也会万分感恩戴德！

好了，这就是小威克洛的来历，我省略了细节，但其他的和他讲的不差。我说：

"我的孩子，现在你有了依靠了——你别再发愁啦。"他那双眼睛一下子亮得呀！我把约翰·雷伯恩中士叫了进来——他是哈特福德人，现在也还住在哈特福德。你说不定还认识他呢——我说："雷伯恩，让这孩子跟军乐队住一起吧。我打算收他当鼓手，希望你也能照顾他，保证他被善待。"

嗯，当然，要塞指挥官和小鼓手之间的交集就这么结束了，但这无依无靠的可怜小家伙仍然叫我牵肠挂肚，就像压在心上的一块大石头。我总是偷偷注意他，希望看到他开朗起来，高兴起来，但是没有，日复一日，他没有什么变化。他不跟任何人来往，总是心不在焉、心事重重的样子，他脸上总带着悲戚。一天早上，雷伯恩要求和我单独谈谈，他说：

"长官，希望您别介意，但说实话，军乐队的人都很着急，必须得有人出来说句话了。"

"怎么了，有什么问题？"

"是威克洛那孩子，长官。军乐队对他厌烦到什么程度，您想都想不到。"

"好吧，继续讲，继续讲。他都干了什么？"

"一直在祷告，长官。"

"祷告！"

"正是，长官。那孩子一直在祷告，搞得军乐队一刻不得安宁。他早起第一件事就是祷告，中午还在祷告，到了晚上——啊，晚上，他整晚整晚地祷告，跟着了魔似的！睡觉？天啊，他们根本睡不着。就像老话说的，他可真是坐飞机吹喇叭——唱高调啊，一起个头就没完没了的，谁也止不住他。

"他先抓着军乐队长，为他祷告，再找上首席号兵，为他祷告，然后是倒霉的低音鼓手，他还扯上他一起祷告——就这么一个个的，把乐队的人都祸害了个遍，都要大大祷告一番。而且那个投入的样子啊，你还以为他自觉在这世上活不了多久了，觉得要是不带一个军乐队一起上去，就算上了天堂也不会开心，所以他要亲自给自己选个乐队，这样到了天上也好靠得住，奏出来的国歌也能配得上那个地方。

"我说，长官啊，就算朝他扔靴子都屁用没有，那里面黑漆漆的，而且他反正也不是光明正大地祷告，总是跪在大鼓后头，就算他们的靴子扔得像雨点儿，也没啥影响，他根本不在乎——就那么慢悠悠地祷告，像是把扔靴子的声音当成鼓掌似的。他们吼他：'哦，闭嘴吧！''让我们歇会儿行吗？''毙了他！''哦，滚出去！'什么话都嚷嚷出来了。可有啥用呢？对他毫无影响，他根本无所谓。"讲到这里他顿了顿，又说，"倒是个不错的傻小子，早上起来把满地的靴子装在推车里又送回去，一双双地配好，又放回对应的人那里。他们经常朝他扔靴子，扔得他已经很熟悉乐队里的每一只靴子啦——闭着眼睛都能把它们挑出来配好对。"

他又顿了顿，我忍住没插话。

"但这事儿最叫人受不了的是，他祷告完了——总算是个头了——却又清清嗓子唱起歌来。嗯，您也知道，他说起话来那声音是多么好听，就算是一条铁打的狗，听到这声音，都能从台阶上蹿下来舔他的手。但是啊，长官，您可得相信我说的，比起他唱的歌啊，那说话都不算什么！听了这孩子唱歌，再听笛子吹的曲儿，都会觉得刺耳。啊，黑暗之中，他唱歌就像那流水，低柔又悦耳，你会觉得自己就在天堂。"

"这有什么'受不了'的?"

"哎,就说呢,长官。您听听他唱的歌——'我是如此贫穷、悲惨,失了明……'——您就听他唱这个,就听一次,看看是不是会像融化了一样全身无力,两眼直冒泪花!他不管唱什么,总感觉直戳你心窝——深深地戳到最深处去——每次都能把你戳个正着!

"你听他唱啊——'罪恶与痛苦的孩子,充满了伤悲。不要等到明天,今就认主把家回。天主之爱从天降,叫你从此无悲催。'——就这之类的歌。你就感觉自己是这天底下最缺德、最狼心狗肺的家伙。他还给他们唱那些歌,什么家乡、妈妈、童年、过去的回忆、已经不见了的东西、去世和离开的老朋友,简直就是把你这辈子曾经真心爱过又失去的所有东西都送到你眼前来了——真美啊,真神圣啊,真好听啊,长官——但是,天啊,天啊,你的一颗心,听得那叫个碎啊!军乐队的人——哎,全队都哭啦——每个家伙都号啕大哭,而且都不藏着掖着。之前说的那些朝那孩子扔靴子的人,就会猛地从铺上跳下来,摸着黑飞奔过去拥抱他!

"真的,他们真这样——哭得那个哈喇子流他一身,还叫他的爱称,求他原谅他们。要是在这个时候,有什么人想伤害这小崽子一根儿头发，他们一定会把这人追到底，哪怕那是整整一个军团！"

他又顿了顿。

"说完了吗？"我说。

"说完了，长官。"

"要我说，天啊。这是哪门子的抱怨？他们想怎么办啊？"

"怎么办？哎呀还用问吗，长官，他们希望您叫他不要唱了。"

"这是什么话！你刚不是还说他的歌很神圣吗？"

"可不是吗！就是太过神圣了，凡人都受不了啊。把人心肠搅动成那样，简直从里到外翻了个个儿。那歌儿，真把人的感情撕得粉碎，叫人觉得不舒服，叫人觉得自己很坏，除了下地狱之外就没地儿去了。你听那歌儿，整天都在忏悔，没完没了的，听得人吃不下什么东西，觉得人生什么好事儿都没有。哎，还有哭个没完哪，您瞧瞧——每天早上他们都不愿意互相打照面，很不好意思。"

"哎，这可真是件怪事，这抱怨也真少见。所以他们是真希望他不要唱啦？"

"是的，长官，就是这个意思。他们也不求太多，要是能完全停了他的祷告那就太好了，或者至少是稍微敲打一下，叫他不要祷告那么多也成。但主要还是唱歌的问题，要是只能停了他的唱歌,他们觉得那祷告也还可以忍受——不过受那样的虐待,也真是难熬。"

我对中士说,自己会认真考虑此事。那天晚上我偷偷溜进了军乐队的营房,想听一听。中士的话是一点儿没有夸张。我听到黑暗中那恳切祷告的声音,我听到烦心的人在咒骂,我听到靴子像雨点一样在空中"嗖"地飞了过去,乒乒乓乓地打在大鼓上。这事叫我感慨万千,但也让我觉得好笑。过了一会儿,经过一阵纷乱之后难得的寂静,歌声响起来了。天啊,那凄美的感染力,真叫人迷醉其中!这世上再也没有别的什么,能够如此悦耳,如此慈悲,如此温柔,如此神圣,如此动人。我在那营房里停留时间很短,因为一些作为要塞总指挥不应该有的情绪开始涌上心头。

第二天我便颁布命令,阻止了他继续祷告和歌唱。之后的三四天里,来了很多新兵要骗入伍奖励,事情闹得沸沸扬扬,我忙得焦头烂额,压根儿没心思去想我那个小鼓手。但一天早上,雷伯恩中士又来了,他说:

"那个新兵蛋子奇奇怪怪的,长官。"

"怎么说?"

"这个嘛,长官,他一直在写写画画的。"

"写写画画?他写什么呢——信吗?"

"我也不知道啊,长官,但是他只要不站岗不干活,就会经常在要塞里四处走走瞧瞧，探头探脑的，且一直是一个人——我发誓，这地方没有一个洞他没进去过，没有一个角落他没钻过。而且他老是不一会儿就掏出笔和纸，匆匆忙忙地写下点什么东西。"

这话搞得我很不舒服。我本想嘲笑他疑心病太重，但那种时候，只要某件事情稍微有疑点，也就不好嘲笑别人的小心谨慎。那时候啊，在北方，我们经常遇到各种各样的状况，我们也习惯了随时保持警惕，对任何事情都保持怀疑。我想起这孩子是从南方来的事实——而且是很南的地方，路易斯安那——这是个很有力的疑点。那种局势之下，联想起这样的来历，可真不能叫人安心啊。

尽管如此，给雷伯恩下相应命令的时候，我还是感到一阵心痛，感觉自己就像个卑劣的父亲，在暗中给自己的孩子带去羞辱和伤害。我叫雷伯恩秘密行事，耐心守候时机，要是能在那孩子发现不了的情况下找点他写的东西，就拿来给我。我还命令他不许让那孩子发现自己被监视的事情，而且他要继续允许那孩子拥有如常的自由，但如果要出营进城去，就得有人远远跟着。

接下来的两天，雷伯恩前来向我报告了好几次，没什么进展。那孩子还是在写写画画，但只要雷伯恩一出现在附近，他就满不在乎地把纸笔揣进兜里。他往城里一个荒废的旧马棚去了两次，每次都是停了一两分钟就出来了。这种事情可不能轻易就放过了——看着就有点什么猫腻。我不得不暗暗承认，自己心里越来越不安了。我去了自己的私人营房，派人把我的副官招来——他的智慧和判断力都数一流，是詹姆斯·华生·韦伯[1]将军之子。他闻言又惊讶又忧虑，我们就此事进行了长谈，最后认定要进行一场秘密搜查。我决定亲自负责这次行动。

于是我叫人在第二日凌晨两点把我叫醒，很快我就来到军乐队的营房，在一群鼾声如雷的士兵当中匍匐前进，终于爬到了我那流浪儿的铺位边，他熟睡正酣。我没有惊动任何人，悄悄地拿了他的衣服和包袱，又偷摸着爬了回去。等回到自己的营房，我发现韦伯副官已经等在那里，急切地想知道有什么发现。

我们立刻进行了搜查。他的衣物叫人失望。就口袋里有些白纸和一支铅笔，除此之外也没什么东西了，只有一把折叠刀和小孩子常常会当宝贝一样搜集起来的零零碎碎，都是些没用的小玩意儿。我们又怀着希望转而搜他的包袱，没发现什么重要线索，却给我们的良心来了重大谴责！——

---

[1] 詹姆斯·华生·韦伯（James Watson Webb, 1802–1884）：美国外交家、报纸出版商、政治家。

里面有一本小小的《圣经》，扉页写着："陌生人啊，请看在一个母亲的分儿上，对我的儿子好一些。"

我瞥了眼韦伯——他垂下双眼，他也瞥了眼我——我垂下双眼。两人都没说话。我怀着虔诚与恭敬，将《圣经》放回原处。不一会儿韦伯便起身离开了，一句话也没留下。又过了一小会儿，我打起精神，给这项叫人不甚愉快的任务收尾，把偷来的东西放回原处，还是像之前那样匍匐前进——我干的这件事情，用这个姿势好像特别合适。

说句心里话，把这事儿全办完之后，我真是高兴极了。

第二天大约中午时分，雷伯恩和往常一样来向我报告。我抢了他的话：

"就别再在这胡说八道了吧，那就是个可怜的小崽子，像一本赞美诗集一样无害，我们却把他当妖魔鬼怪来对待。"

中士一脸惊讶地说：

"哎呀，长官，这是您下的命令啊，我从他写的东西里面有一些发现。"

"什么发现？你是怎么搞到的？"

"我从锁眼儿里偷看，发现他在写东西。于是在估摸着他要写完的时候，假装稍微咳嗽了一下，就看见他把那纸揉成一团扔到炉火里去了，还四下看看是不是有人要进去。接着他又坐稳了，一副舒服自在的样子。于是我就进去了，开开心心地打发了会儿时间,又派他去干点杂事。他没有一点儿不安的样子,马上就去了。炉子里点的是炭火,才升起来不久,纸团被扔到一块炭后面了,一般人看不见,但是我把它捞出来了,就在这儿,基本没怎么烧到,您看。"

我瞥了一眼那张纸,刚读了上面的一两句话,就把中士遣走,叫他把韦伯喊来见我。下面是纸上写的全部内容:

特兰伯尔要塞,八号

上校先生,上次单子上最后列的三门炮弹,口径被我搞错了。正确口径是十八磅炮弹;其余的武器都和我写的一样。要塞卫戍部队的情况和之前报告的一样,只是本来要派去前线的两个轻步兵连还要暂时驻守在这里——还要留多久目前还打听不到,但很快就能搞清楚。我们认定,出于对目前情形的全盘考虑,各项行动最好是推迟进行,直到——

没有继续往下写——他写到这儿的时候被雷伯恩的咳嗽打断了。这卑劣下作的行为是残酷无情的事实,一朝被揭露,就如同花草的枯萎病,让我对那孩子所有的喜爱、尊重,以及对他悲惨遭遇的同情全都如残花败柳,烟消云散了。

但个人感情先按下不表。重点是出事了——还是需要立即给予深切关注的事。韦伯和我反复地思量掂量,从所有角度去分析考虑。韦伯说:

"他被打断了,真可惜!他们要推迟什么事情,直到——直到什么时候呢?那个事情又是什么呢?他本来可能要写出来的,这个假慈悲的小毒蛇!"

"是啊,"我说,"我们这次是错过机会了。还有他写的'我们'是谁?是不是他的同伙,是在要塞里面还是外面?"

"我们"二字的确大有深意,而且叫人深感担忧,但是没必要光在这个字眼儿上猜来猜去,所以我们开始采取一些更有实际意义的措施。首先,我们决定增设一倍的岗哨,尽最大的力量进行严密监控。第二,我们想到把威克洛叫来,让他把所有秘密都吐出来,但这样的直截了当似乎并非明智之举,最好等到实在黔驴技穷了再图打算。我们必须拿到更多他写的信——于是开始朝着这个方向计划行动。

我们想到了一点:威克洛从来没去过邮局,也许那个废弃的马棚就是他的邮局。我们派人叫来我的机要秘书,他叫施特内,是个德国小伙子,有点干侦探的天赋。我们把这事跟他一五一十地说了,命令他去查一查。不到一个小时,我们得到消息,说威克洛又在写东西了。之后不久,又有人传话来说,他请了个假,说要进城一趟。他被拖延了一阵子，趁这个空当施特内急忙进城，藏在那个马棚里。不久他就看到威克洛信步走进来，四下望了望，然后在一个角落的垃圾堆下面藏了什么东西，再闲晃着走了出去。施特内赶紧把他藏的那东西取出来——是一封信——再拿了来给我们。信上没有写收信人姓名地址，最后也没有落款。前面的内容就是我们之前看到的那些，后面又接上了新的内容：

> 我们认为最好把事情推迟到两个连走了再进行。至少四个内部人员是这样的意见，我还没跟其他人联系——主要是怕引人注目。我说四个内部人员，因为少了两个，他们刚一参军，进入要塞，就被送去前线了。再送两个来填补他们的位置绝对是有必要的。两个已经去前线的兄弟是来自三十英里点的弟兄。我还有最最重要的事情需要透露，但绝不能靠这样的通讯方式。我会尝试另一种办法。

"这个小恶棍！"韦伯说，"谁能料到他是个间谍？但是这个问题就先不管了。我们来把目前掌握的具体情况拼凑起来，就事论事地研究研究，看看发展到什么程度了。首先，我们中间有个叛军间谍，这个我们都知道是谁；第二，我们中间有三个叛军间谍，我们还不知道是谁；第三，这些间谍进入到我们中间，是经过很简单容易的联邦军队征兵入伍的——而且，显然其中有两个已经弄巧成拙，被送去前线了；第四，'外面'还有协助他们的间谍——不知道有多少；第五，威克洛还有很重要的事情要透露，但不敢用'这样的通讯方式'交流，他会'尝试另一种办法'。目前看来情况就是这些。我们要不要去抓威克洛，让他都吐出来呢？还是去抓那个到马棚取信的人，叫他来吐？还是我们暂时不动，再多调查一下呢？"

我们决定选择最后那种办法。我们认为目前还不需要图穷匕见，因为很显然这伙人会等到两个轻步兵连走了，人数减少之后再行动。我们赋予了施特内很大的权力，叫他使出最好的本领，去查出威克洛的"另一种通讯方式"。我们这是在大胆行事，也因为这个原因，都倾向于不要打草惊蛇，要继续让间谍们毫不怀疑，尽量拖延时间。于是我们命令施特内立刻回去马棚，要是没发现什么异样，就把威克洛那封信藏回原处，好让他的同伙拿到。

夜色降临，再无他事。黑漆漆的晚上很冷，雨雪交加，风刮得很猛。然而，这一晚上，我还是从温暖的被窝里出来了数次，亲自去执勤巡夜，确保一切没问题，每个岗哨都保持警惕。每次我都注意到他们精神抖擞，在认真监控。显然，大家都在纷纷传说，要塞出现了不为人知的危险，而岗哨加了倍，算是佐证了那些流言。快天亮的一次巡夜路上，我迎面遇上了韦伯，正迎着狂风向前走着，两人一碰我才发现，他这一夜也巡查了数次，确保一切没问题。

　　第二天发生的事情略微加快了局势的进展。威克洛又写了一封信，施特内先他一步去了马棚，看着他把信藏好。威克洛一走，他就把信拿到了，然后溜出去，远远地跟着小间谍。另外还有个便衣侦探跟着施特内，因为我们觉得这样最好，在他需要的时候立刻就可以得到法律援助。威克洛到了火车站，一直等着从纽约来的火车进站，然后他就站在那里打量从车厢中涌出来的人群，辨认他们的长相。不久，一位上了年纪的先生，戴着绿色防护眼镜，拄着手杖，一瘸一拐地走了过来，在威克洛附近停下，用期待的目光望着他。威克洛立刻冲上前去，往他手里塞了个信封，再悄然离去，消失在人群之中。说时迟，那时快，施特内立刻把那封信给抢了下来，再从便衣侦探身边疾驰而过，说："跟着那位老先生——别跟丢了。"接着施特内就随着人群出了站，径直回到要塞。

　　我们关上门，坐下来，命令外面的侍卫不要放其他人进来打搅。

　　我们首先展开了在马棚里拿到的那封信，全文如下：

神圣同盟：还是在往常那门大炮里拿到了上峰的命令，是昨晚放在里面的。这次取消了上次从次级上峰那里收到的命令。已按惯例在大炮中留下暗号，表示命令已经传达到执行人那里——

韦伯打了个岔。"现在那孩子不是一直被监视着吗？"

我说是的，自从拿到了他上一封信，我们就一直在严密监视着他。

"那他怎么还能往大炮里放东西，或者从里面拿东西出来，还没被人发现啊？"

"嗯，"我说，"我感觉不是很妙。"

"我看也不妙，"韦伯说，"这事儿明摆着的，哨兵里面也有他的同伙。要是没有他们默许，这事儿是干不成的。"

我派人去找雷伯恩，命令他到炮台去查查，看能发现点什么。我们又继续读信：

新下的是死命令，要求 MMMM 必须在明天凌晨三点钟 FFFFF。会有两百人分成小批次到达，有的坐火车，有的使用其他交通方式，从不同的方向到来，会在指定时间到指定地点就位。我今天就把信号分发出去。此次行动显然是胜券在握，虽然肯定是走漏了什么风声，因为岗哨增加了一倍,昨晚指挥官们也数次巡夜。W. W. 今天会从南方到达,会接受秘密命令——以另一种方式。你们六个必须在凌晨两点准时来到一百六十六,你们会发现 B. B. 就在那里,他会给你们下达具体命令。口令和上次一样,但是反过来的——第一个字放在最后,最后一个字放在头上。记住 XXXX。千万不要忘记。大胆行动吧,等到明天太阳升起,你们就都成英雄了,你们会名垂青史,会在历史长河中添上不朽的一页。阿门。

"我的个乖乖,"韦伯说,"我看这是要有大麻烦了!"我说情况是毫无疑问地渐渐严峻起来了。

"显而易见,他们是准备背水一战了。今晚就要行动了——这个也是显而易见的。这次行动的准确性质——也就是说具体方式——藏在那一对读不懂的 M 和 F 里面。但依我看,行动的目标,就是要发起偷袭,夺取要塞。现在,我们必须稳准狠地采取措施。眼下再对威克洛使用不惊动政策显然是没法取得任何进展了。我们必须知道,而且要尽快知道,这个'一百六十六'到底在哪里,好在凌晨两点去那里,把那伙人杀个措手不及。那么,要取得这个信息,最快的方式,毫无疑问就是强迫那孩子招供。但是,我们暂时还不能进行任何重要行动,要首先找到军部,详细陈情，请求他们赋予全权。"

我们用密码写成了一封加急邮件，准备拍个电报。我读了之后表示没问题，就发了出去。

随即我们便结束了关于刚才那封信的讨论，打开了从那个跛脚老先生手里截获的信。结果里面只有两张完全空白的笔记本纸，别无他物！我们热切又焦虑的心一下子凉了半截。有那么一瞬间，我们感觉自己就像那纸一样空虚，而且很愚蠢。但也只是那么短短的一瞬间，因为之后我们立即就想起了"隐显墨水"这种玩意儿，于是拿着纸凑近炭火，盯着那纸，想着一加热上面就会显出字来。但纸上只出现了十分模糊的印迹，什么也辨认不出来。接着，我们召来军医，命令他把这两张纸拿去，用所有知道的方法试验，直到有个结果——只要一显出字来，就立刻把信的内容报告给我。因为我们满心盼望着能从那封信里找到这伙人阴谋中最重要的一些秘密。

此时，雷伯恩中士出现了，从口袋里掏出大约三十厘米长的一根多股绳，上面打了三个结。他把绳子举起来。

"我在海湾边一口大炮里面取出来的，"他说，"我把所有的炮栓都拿出来仔细检查过了，把所有大炮搜遍了，只找到这根绳子。"

那么这截绳子就是威克洛的暗号了，要表明"上峰"

的命令已经被执行人顺利接收。我下令,过去二十四小时内在那门大炮附近执过勤的所有哨兵立即被单独拘禁,没有我的通知和同意,不得允许他们和任何人交谈。

这时候陆军部长的电报来了,内容如下:

暂时取消人身保护法。实施全城戒严。必要时实施逮捕行动。要果断迅速。随时通知军部最新消息。

现在是万事俱备了,我们可以下手了。我派人去把那跛脚老先生悄悄逮捕起来,再神不知鬼不觉地带到要塞来。我让人看守住他,禁止任何人跟他说话或听他说话。一开始他还出言抗议,但很快就放弃了。

接着传来线报,有人看到威克洛把什么东西给了我们新征入伍的两个士兵。他一转过身,这两个人就被抓住关起来了。每个人的身上都发现了一张小纸条,上面用铅笔写画了一些字和符号:

鹰之第三飞。记住XXXX。一百六十六。

我按照军部的指示,拍了一个密电过去,报告了目前的进展,也说了上述小纸片的内容。现在看来,我们已经做好了十足的准备,应该大胆行动,揭开威克洛的假面具了,于是我派人去找他来。我还派人去取回那封用隐显墨水写的信,军医随信附了说明,到目前为止他进行的各种试验都没能成功,但还有别的办法可想,只等我做好准备,给他下令。

不一会儿,威克洛进来了。他脸上带着那么点疲惫和焦急,但仍旧镇定自若——即便他心有疑虑,表情或是举手投足之中也看不出分毫。我把他晾在那里站了一会儿,然后用轻松愉快的语气问道:

"孩子啊,你为什么老去那个旧马棚啊?"

他的语气和态度淳朴简单,不慌不忙:

"哎呀,我也不知道啊,长官,没有什么特别的原因,我就是喜欢一个人待着。我就在那儿自己玩玩。"

"你自己在那儿玩玩,是吧?"

"是啊,长官。"他答道,一如既往的天真淳朴。

"你在那儿就只是玩吗?"

"是的,长官。"他抬起头,那双柔和的大眼睛里露出孩童般的惊奇。

"你确定?"

"确定的,长官。"

我顿了顿,道:

"威克洛,你写那么多东西是干吗啊?"

"我?我没有写太多东西,长官。"

"你没有吗?"

"没有啊,长官。哦,如果你是说写写画画的,那我确实会写画点儿东西,也是为了好玩。"

"你写画的那些东西,用来干什么了?"

"没干什么啊,长官——都扔了。"

"从来没有给过谁吗?"

"没有,长官。"

我猛然把他那封写给"上校"的信出示在他眼前。他稍微有点吃惊,但很快又恢复了镇定,双颊微微地泛红。

"那你怎么把这张写画的东西给了别人呢?"

"我从来……从来没有打过什么坏主意,长官。"

"从来没打过坏主意!你把要塞的武器之类的情况都泄露了,就这还说没打过坏主意?"

他垂下头,一言不发。

"来啊,说话啊,别撒谎了。这封信到底是要给谁的?"

此时他显得有点忧惧,但很快又安定下来,用十分诚恳认真的语气回答:

"我把实情告诉您,长官——全部的实情。这封信从来没要给什么人。我只是写来给自己找点儿乐子的。我现在明白自己做错了,也很傻,但就这么一次,长官,我用自己的名誉起誓。"

"啊,你这么说我可真高兴。写这样的信确实很危险啊。希望你能肯定这是唯一一封?"

"是的,长官,千真万确。"

他这么厚颜大胆,真叫人叹为观止。他撒谎的时候那神情之真诚,普天之下任何生物都比不过。我顿了顿,等着升腾的怒气平息下去,道:

"威克洛,现在请你好好回忆一下,看看能不能帮我捋清楚两三件小事。"

"我一定竭尽全力,长官。"

"好,我先要问你——谁是'上峰'?"

这一问让他慌了神,讶异的眼睛扫过我们的脸,但也就这样了。他瞬间就平静下来,缓缓答道:

"我不知道,长官。"

"你不知道?"

"我不知道。"

"你确定不知道?"

他努力坚持直视我的双眼,但气氛实在太紧张了,他的下巴慢慢地垂到胸口上,一句话都说不出来。他就站在那里紧张地摆弄着一个扣子,可即便做出了那么卑鄙的行为，这也是个能让人心生怜悯的小东西。我很快用一个问题打破了静止的空气：

"'神圣同盟'都有什么人？"

他的身体很明显地晃了晃，双手有些不知所措地动了一下，在我看来，像是个绝望的家伙在请求对方的怜悯。但他没有发出任何声音，只是站在那儿，垂头丧气，脸朝着地面。我们则坐着，瞪着他，等他开口。我们看到泪水大颗大颗地顺着他的双颊滚落下来，但他就是不说话。过了一会儿，我说：

"你一定得回答我啊，孩子，必须告诉我真相。'神圣同盟'到底是什么？"

他继续哭泣，依旧默不作声。我就有点严厉地说：

"回答我的问题！"

他极力不让自己的声音失控，带着哀求的神情抬头望着我，抽抽噎噎地勉强挤出话来：

"哦，长官，求您可怜可怜我吧！我没法回答这个问题，因为我不知道。"

"什么！"

"千真万确，长官，我说的是实话。我从来没听说过什么'神圣同盟'，我用名誉起誓，长官，我说的都是实话。"

"我的天哪！你看看这第二封信吧，你看到上面的字了吗？'神圣同盟'——你还有什么好说的吗？"

他抬头凝视着我的脸，一副受伤的表情，像是受了天大的冤屈，然后情绪激动地说：

"这肯定是在给我开残忍的玩笑，长官，他们怎么可以这样捉弄我？我可是历尽千辛万苦都要走正道，也从来没害过谁的！有人仿了我的笔迹，这样的东西我一行也没写过。我从来没见过这封信！"

"哦，你这个骗子真是坏透了！来看看吧，这个你又有什么好说的呢？"我从兜里猛地掏出那封用隐显墨水写的信，顶到他面前去。

他的脸煞白！——白得像死人。他晃荡着踉跄了几步，伸手扶着墙才勉强站稳。过了一会儿他用低得几乎听不见的声音问道：

"您——看过了？"

我刚要骗他说"看过"，但我们的表情一定是抢先做出了真实的回答，因为我清清楚楚地看到，这小伙子的眼神中又有了勇气。我等着他开口说点什么，但他就是一言不发。所以到最后，是我先开了口：

"嗯，那这封信里泄露的信息，你又有什么好说的呢？"

他一副镇定自若的样子，答道：

"没什么要说的，都是些无关紧要的小事情，碍不着任何人的事。"

这一下把我堵得有点没话说了，因为他说得斩钉截铁，我又无从反驳。这下失去了继续审问的明确方向。不过，我又想到一个办法，解了围：

"你确定对'上峰'和'神圣同盟'一无所知？这封信你说是别人冒写的，不是你写的？"

"是的，长官，我确定。"

我慢慢掏出那根打了结的绳子，一言不发地拎着，他神色漠然地看着那绳子，又带着不解的表情看看我。我的耐心完全耗尽了，但还是尽量压制住脾气，声音如常地说：

"威克洛，你看到这个了吗？"

"看到了，长官。"

"这是什么？"

"看着像是一截绳子。"

"看着像？就是一截绳子。你认得吗？"

"不认得，长官。"他的回答无比冷静。

他这副镇定从容的样子真是叫人叹为观止！我停顿数秒，想用沉默来为我即将说的话加强点效果。接着我站起来，一只手按在他肩上，严肃地说：

"这对你没好处，可怜的孩子，一点好处都没有。这个给'上峰'的暗号——这条打结的绳子，是在海湾边一门大炮里发现的——"

"在大炮里发现的！哦，不，不，不！别告诉我是在大炮里，肯定是在炮栓的缝隙里吧！——一定是在缝隙里！"他膝盖一软，跪了下来，双手十指交叉，抬起头来——真是一张我见犹怜的脸啊，面色如此灰白，上面写满了恐惧。

"不，就是在大炮里。"

"啊，出问题了！天哪，我完了！"他"腾"地跳起，到处乱窜，躲开我们伸出来要抓他的手，想尽办法要从这个地方逃脱。但这个自然是绝无可能的。他又双膝跪地，哭得肝肠寸断，还使劲儿抱着我的双腿不放，苦苦哀求着："哦，可怜可怜我吧！求您大发慈悲吧！不要把我说出去，他们绝对会立刻要了我的命！请保护我吧，救救我吧，我说，我全都说！"

我们花了好一会儿才把他安抚好，让他不那么害怕，算是重新恢复了理智。接着我开始盘问他，他则垂着眼睛乖乖地回答，不时伸手拂去流个不停的眼泪。

"这么说，你其实是叛军那头的？"

"是的，长官。"

"还是个间谍？"

"是的，长官。"

"按照外面的明确指令行动？"

"是的，长官。"

"自愿的？"

"是的，长官。"

"也许还很乐意？"

"是的，长官。否认这一点也没什么好处。南方是我的家乡，我有一颗南部之心，都扑在南部大业上。"

"那你给我讲的各种磨难，和你的家人被杀害之类的故事，都是为了这个专门编出来的？"

"他们——他们叫我说的，长官。"

"你就要这么背叛和毁掉那些同情你、收留你的人。你知道自己有多卑鄙无耻吗？你这个误入歧途的可怜崽子！"

他没有回答，只是啜泣。

"行吧，这些话就不多说了。说正事吧。谁是'上校'，他在哪里？"

他哭得更凶了，想用哀求替代回答。他说要是说了，就没命了。我威胁他，要是不说，就要去漆黑的单人牢房关禁闭。但同时又保证，只要吐个干净，我会保他平安无虞。但我费尽口舌，他就是紧闭着嘴，固执得不得了，我什么都问不出来。最终我拽着他走了，不过他朝单人牢房瞥了一眼后，就转变了态度。他又猛然痛哭起来，哀求我别关他，他什么都说。

于是我又把他带回老地方,他说出了"上校"的名字,还进行了详细描述。他说此人就住在城里最大的旅馆里,穿着便装。我又威胁了他一番,他才说出"上峰"的名字,也进行了一番描述。他说"上峰"藏身在纽约邦德街十五号,化名 R. F. 盖洛德。我把这名字和他的描述写成电报,发给纽约的警察局长,要求逮捕盖洛德其人并进行关押,等我派人去提。

"好了,"我说,"好像在'外面'还有好几个同伙,应该是在新伦敦吧?说出他们的名字,讲讲他们的样子。"

他说出了三男两女的名字,也描述了长相外形——这五人都住在城里最大的旅馆。我暗中派人行动,把他们和那位"上校"逮捕了,关在要塞里。

"下面,我要听你好好讲讲要塞里面的三个同伙。"

我估计他又准备撒谎敷衍我,但我亮出了在其中两人身上发现的神秘纸条,叫他目瞪口呆。我说我们已经抓住了两个,他必须指认另一个。这可把他吓坏了,他哭号着:

"哦,求求您别逼我,他会就地杀了我的!"

我说这纯粹是胡说,我会派人近身保护他,而且,召这些人集合的时候,必定不会叫他们佩有武器。我命令召集所有的新兵,然后这个浑身发抖的小可怜虫走了出去,从队伍这头走到那头,尽量做出一脸漠然的样子。最终,他朝其中一个兵说了一个字。接着,他还没走过五步,那个兵就被捕了。

威克洛一回到刚才的地方,只剩下之前的几个人时,我就派人把那三个人都带进来,命令其中一个向前一步,说:

"好了,威克洛,记住,绝不能有丝毫与事实不符之处。这个人是谁,你知道他的什么事情?"

他已经是无路可退,就完全豁出去了,双眼紧盯着对方的脸,毫不犹豫地说了下面这番话:

"他真名乔治·布里斯托,是新奥尔良人,两年前在沿海货船'议会'号上做二副,是个不顾一切的狠角色,曾经两次因为杀人坐牢——一次是用绞盘杆子打死了一个叫海德的水手,一次是打死了个不愿意抛铅锤的码头工人——那人本来就不该干那样的活儿。他是个间谍,是'上校'派到这里来执行任务的。一八五八年那会儿'圣尼古拉斯'号在孟菲斯附近炸毁了,他当时是三副,船上的死伤人员被装在空木船里运上岸时,他就抢这些人身上的东西,因为这个差点被私刑处死了。"

如此这般,如此这般——他把这人的来历说了个遍。他说完以后,我对那人说:

"你对此有什么好说的?"

"长官,您别怪我说话不好听,这简直是从没听说过的最该死的谎话!"

我派人把他押回关禁闭的地方,分别叫另外两个向前一步。结果一样,那孩子把每个人的来历详细交代了一番,中间没有丝毫犹豫,但我从那两个家伙嘴里,只掏出了愤愤不平又斩钉截铁的话,说他完全是在撒谎。他们什么秘密都坦白不了。我又把他们关起来,再一个个提审剩下的囚犯。威克洛把他们的事情都说了——他们分别来自南方的哪座城市,以及他们在这阴谋当中充当的角色,事无巨细地都交代了出来。

但他们都否认威克洛的话,没有一个人招供任何秘密。男的大发脾气,女的哭泣不止。他们都说自己是西部来的无辜之人,热爱联邦超过了这世上的一切。我怀着厌恶把这群人关押起来,又开始盘问威克洛。

"一百六十六号在哪里?B. B. 又是谁?"

但这个他是下定决心打死也不肯说的。不管是好言哄骗还是严厉威胁,他都毫不动摇。时间不等人——该来点狠手段了。于是我捆住他的大拇指,把他整个人吊了起来,脚尖勉强着地。他越来越痛,忍不住尖叫起来,连我都受不了了。但我就是不放,很快他就惨叫道:

"啊,求您放我下来,我说!"

"不,你先说了,我再放你下来。"

现在他每一秒都在忍受着剧痛,于是便乖乖开了口:

"老鹰旅社,第一百六十六号房间。"——他说的这个名字是海湾边一个条件很差的客栈馆子,常去的都是苦力、码头工人和一些名声更差的家伙。

我放他下来,命令他说出这次阴谋的目标。

"就在今晚,夺取要塞。"他语气固执,呜咽着说。

"我是不是把主谋都抓住了?"

"没有,还有那些要到一百六十六去会合的人。"

"'记住 XXXX'是什么意思?"

没有回答。

"进入一百六十六号的口令是什么?"

没有回答。

"那一串儿字母,什么 FFFF 和 MMMM 的,是什么意思?回答我!不然你又要再遭罪了。"

"我绝不会说的!就算死也不开口。任凭你处置了。"

"好好想想你在说什么,威克洛。想好了?"

他声音里没有一丝颤抖,坚定地回答:

"想好了。我坚定地爱着那多灾多难的故乡,万分痛恨这北方的太阳照耀到的一切。要让我说出这些事情,我宁肯死。"

我又捆着大拇指把他吊起来。这可怜的东西痛到了极点,惨叫不已,叫人听着心碎,但我们没能再逼他吐露任何信息。对任何问题他都是尖叫着做出同样的回答:"我可以死,我也会死,但我绝不说。"

好吧,我们只好就这么算了。我们确信他宁肯死也不会再说了,于是就放他下来关了禁闭,同时严加看管。

接下来的几个小时,我们忙着给军部拍电报,并准备突袭一百六十六。

那个漆黑的寒夜真叫人不得安宁。风声走漏了出去,整个要塞都严阵以待。岗哨变成原来的三倍,不允许任何人进出,否则就会有哨兵举起步枪对着他的头。不过,此时此刻韦伯和我倒是没之前那么担心了,因为事实明摆着,这么多主犯都被我们抓住了,这阴谋基本上就黄了。

我决定及时赶到一百六十六,抓住那个 B. B.,堵了他的嘴,然后守株待兔,等其他人来的时候一网打尽。大约凌晨一点十五分,我溜出了要塞,身后紧跟着六个健壮英勇的正规军士兵,还有双手绑在身后的威克洛。我告诉他这是要去一百六十六号,如果我发现他又撒了谎,骗了我们,那要么把对的地方说出来,要么可没他好受的。

我们小心翼翼地来到客栈附近,仔细侦察了一番。只有小酒吧里点着一盏灯,其余地方都是漆黑一片。我推了推前门,一下子就开了,我们轻手轻脚地潜进去,重新关上了门。接着我们脱掉了鞋,由我领队,来到酒吧。德国老板坐在椅子上睡着了,我轻轻把他唤醒,叫他也脱掉靴子给我们带路,同时警告他不许出声。他一声不响地遵守了命令,但显然是吓得不轻。我命令他带路去一百六十六。

一行人像猫走路一样,脚步轻柔地上了两三层楼梯,接着走过了一条长长的走廊,快要走到头时,停在一扇门前,透过玻璃门顶窗,依稀能看到里面昏黄的烛光。黑暗之中,老板摸索着找到我,悄声告诉我这就是一百六十六。我推了推门——从里面反锁了。我低声朝一名体型最魁梧的士兵下了命令,我俩用宽大的肩膀顶住门,猛地用力,就把铰链给冲开了。我匆匆瞥到床上有个人——看到他的头迅速向蜡烛伸去。烛火灭了,整个房间一片漆黑。我猛然一跃,跳到床上,用双膝死命压住床上那个人。他在我的钳制之下猛烈挣扎,但我用左手锁了他的喉,并趁势用双膝把他完全制住了。接着我立刻掏出手枪,拉了枪栓,用冰冷的枪筒抵着他的脸颊,以示警告。

"谁来点个火柴!"我说,"我把他抓稳了。"

有人遵命了,火柴划出亮光。我看着膝下这个俘虏,哎呀,竟然是个年轻姑娘!

我放开了她,从床上下来,感觉很是窘迫。大家都呆呆地面面相觑。事情太突然了,太惊人了,大家都不知如何是好，也想不清楚怎么回事。那年轻姑娘哭了起来，扯起床单来把脸蒙住。老板卑微地说：

"这是我女儿，她做了什么错事吗，不会吧？"

"你的女儿？她是你的女儿？"

"哦，是的，她正是我女儿啊。她今晚刚从辛辛那提的家里来，生了点儿小病。"

"该死的，那崽子又在骗人。不是这个一百六十六，这人也不是 B. B.——过来，威克洛，你带我们去找那个一百六十六，不然的话——喂！那崽子去哪儿了？"

不见了，没影儿了！更有甚者，我们连他的蛛丝马迹都没找到。现在的情况可真叫人难堪。我骂自己太傻，竟然没把他绑牢在一个士兵身上，但现在为这个懊悔也没用。在目前的既成事实之下，我应该怎么办呢——这才是重点所在。毕竟，那个姑娘也有可能就是 B. B.。我当然不太相信这个推断，但单凭个人的"不信"来作为证据，是讲不通的。于是，我最终将带来的那些人安排进了一百六十六同层走廊另一头的空房间里，交代他们说，只要有任何人接近那姑娘的房间，无论多少，立即捉拿。老板也要和他们待在一起，严加看管，等待进一步的命令。接着我匆匆回到要塞，看那里是不是平安无事。

是的，一切无事，而且始终平安。我通宵未眠，以防万一。万事太平。等看到东方再次破晓，能够给军部发电报，说星条旗依然在特兰伯尔要塞上空飘扬的时候，我真是说不出的高兴。

压在心上的一块大石头放下了。当然，我仍然没有放松警惕，也还在继续努力。事关重大，我还不能松懈。我把关押的犯人招来，分别地严刑拷打，每个都要审问上一小时，想让他们招供，但无济于事。他们只是咬牙切齿还扯自己的头发，什么秘密都没说。

快到中午时，我那个失踪的小伙子有消息了。清晨六点时分，有人在距离这里大约十三公里的地方看到了他，正在往西跋涉。我立刻派了一个骑兵中尉带个二等兵沿路去追踪他。在大约三十二公里开外的地方，他们看到了他。他翻过一道篱笆，正用疲累的脚步拽着自己整个人，穿过一片泥泞地，朝村庄边上一栋老式的大宅子走去。他们骑马穿过一片小树林，绕了个道，从相反的方向接近那所宅子，然后下了马，迅速溜进厨房。那儿没人。他们又潜入旁边的房间，也没人。那个房间和前面起居室连通的门敞开着，他们刚要通过那扇门，就听到一个低低的声音，是有人在祷告。于是他们便规规矩矩地站住了，上尉探头进去，看见一对老头和老太太跪在那间起居室的角落。祷告的是那个老头，接近尾声的时候，那个叫威克洛的小伙子打开起居室的前门，走了进去。两位老人跳起来扑向他，紧紧拥抱他，大喊道：

"我们的孩子！我们的宝贝！赞美上帝。失而复得！死而复生！"

哎，先生，你猜猜怎么回事！那个小鬼头就在那片宅子里土生土长，长这么大从来没有走出过方圆八公里的范围，直到两个星期以前他无意中闲荡到了我那里，用那悲伤感人的故事坑骗了我！情况千真万确，那位老人就是他的父亲，一位学识渊博、已经退休的老牧师，而那位老太太就是他的母亲。

我用三言两语来解释一下那孩子和他的举动吧。原来他特别爱看情节跌宕的廉价小说和那种专登惊险故事的刊物，简直看得如饥似渴、狼吞虎咽——所以暗黑阴谋和浮夸的英雄主义简直正中他下怀。后来他就在报纸上读到关于叛军间谍在我们中间神出鬼没的报道，还有他们可怕的企图以及两三桩惊人的成就，直看得他在那方面的想象力熊熊燃烧。

曾经有那么几个月，他总是跟一个北方小伙子厮混，对方能说会道，富于幻想。密西西比河上游三五百公里处和新奥尔良之间有货船来往，那小伙子就曾在其中一只船上做过两年事务员——所以威克洛才能轻易说出与那个地区有关的地名等细节。

战前,我曾在那一区住过两三个月,对那里了解一些,但又了解有限,刚好足以叫那孩子把我哄骗住。要是换个路易斯安那州本地人,很可能会在他还没滔滔不绝地说到第十五分钟之前,就能发现他言语中的漏洞。

先生可知,他为什么说自己宁肯死也不会透露那些阴谋密码的意思吗?就因为他根本无法解释!那些密码没有任何意思,他就是随便想着再随便写了出来,之前没有多想,之后也是一写了之,所以,突然被问起来,他根本没法为他们现编一个解释。

比如,他说不出那封"隐形墨水"信到底写的是什么,因为上面根本什么也没写,就是白纸而已。他从来没往大炮里放任何东西,也从来没想过要放——因为他的信都是写给想象中的收信人,每在马棚里藏一封,他总会把前一天藏在那里的信再自己拿走。所以他看到那根打结的绳子很吃惊,因为我拿出来的那一刻也是他第一次见到那东西。但我一问他这绳子哪儿来的,他就用充满戏剧性的方式,把这绳子说成是他的,收获了很不错的效果。

"盖洛德先生"这个人也是他编的,已经没有什么邦德街十五号了——那儿三个月前被拆了。"上校"也是他编的。被我逮住跟他对质的那些可怜人,被他天花乱坠地编造了一大堆精彩的来历。"B. B."是他编的，甚至可以说，"一百六十六号"也是他编出来的，因为直到我们去了老鹰旅社，他才知道原来还真有这么一个房间号。

他真是随时随地都在根据需要编造任何人与任何事。我要他说出那些"外面"的间谍，他就立刻按照那些在旅社里见过的陌生人的样子描述一番，再安上碰巧听到的名字。

啊，那可真是惊心动魄的几天，而他沉浸在一个灿烂绚丽、神秘莫测又充满了浪漫的世界里。我觉得他已经当真了，打心底里乐在其中。

但他给我们找的麻烦可是够多的，因此所受的屈辱更可以说是无穷无尽。您看，就因为他，我们抓了有十五二十个人，还关在了要塞里，门口配了哨兵严加看管。很多被抓的都是士兵，对他们当然我倒是不用道歉的，但剩下那些可都是从全国各地来的一等公民，无论怎么道歉，他们都不会满意的。他们气得冒烟，发怒发狂，找麻烦找得没完没了！

那两位女士，一位是俄亥俄州国会议员的妻子，另一位是西部一位主教的妹妹，这两人朝我倾泻的奚落讽刺与愤怒的眼泪，真是难忘的纪念品呢，很可能使得我久久不能忘记她们——我一定会记得她们的。那位戴着防护眼镜的跛脚老先生，是费城的一名大学教授，本是前来参加侄儿葬礼的——当然啦,他与威克洛那小子素不相识。这下好了,他不仅错过了亲人的葬礼,又被当成叛军间谍抓进了监狱,还被威克洛无情地描述成加尔维斯顿最臭名昭著的贼窝里来的伪造犯、人贩子、偷马贼和纵火犯——这样的事情,那位可怜的老先生看样子根本过不去了。

还有军部!啊,天哪,军部那边我们就别说了吧!

注:我给少校看了这篇小说的手稿,他说:"你对军队事务不太熟悉,所以出了些小错误,不过也算是别致生动的错误——就别管了吧,军队的人看到了也会一笑了之,别的人也挑不出来错处。主要的来龙去脉你都写对了,描述的内容和当时发生的情况基本一致。"

——马克·吐温

爱德华·米尔斯和乔治·本顿的故事

此二人有那么一丁点儿的血缘关系——往上数八代，是同一家，反正就是这一类关系吧。两人都在襁褓中就成了孤儿，膝下无子的布兰特夫妇收养了他们，并且对他们疼爱有加。布兰特夫妇总是对他们说："你们要纯真、诚实、清醒、勤劳，还要为他人着想，这样就能保证成功的人生。"早在明白这话的深切含义之前，孩子们把同样的教导听了千万遍；早在他们会念《主祷文》之前，就已经能重复这句话了。这句话就被漆在婴儿房的门上，基本就是他们会认的第一句话。这也注定成为爱德华·米尔斯一辈子坚守不渝的信条。

有时候，布兰特夫妇的措辞会有一点的改变："你们要纯真、诚实、清醒、勤劳、体贴，这样你身边永远不会缺少朋友。"

孩童时期的米尔斯可谓人见人爱，他想吃糖却得不到的时候，会听人讲道理，没有得到也知足常乐；而小本顿要是想吃糖，就会一直哭喊，直到如愿以偿。小米尔斯把自己的玩具保管得很好，而玩具在本顿手里却活不了多长时间，他总是在那之后固执地发起脾气，大家为了家里能清净点，总是哄着小爱德华把自己的玩具让给乔治。

当两个孩子长大了一些后，乔治的一项开销变得很大：他根本不爱惜自己的衣服，因此，他常常穿着崭新的衣服神气活现。而艾迪（爱德华）就并非如此了。两个男孩个子飞长，艾迪越来越叫人喜欢，乔治却越来越让人忧虑。如果艾迪提出什么愿望需要拒绝，只要跟他说"我希望你不要那样做"就行了——他的愿望一般都是游泳、滑冰、野餐、采野果、看杂技等各种男孩子喜欢做的事情。但要回绝乔治，则说什么都不行。无论他想干什么，都必须得到迁就，否则他就会闹个天翻地覆。如此，他就很自然地比其他孩子更多地去进行游泳、滑冰、采野果之类的活动，没有人像他玩得那么高兴。

慈祥的布兰特夫妇不许两个孩子在夏日晚上九点之后

去户外玩耍，因为那个时候要哄他们上床睡觉了。艾迪便乖乖地待在家里，但乔治总会在将近十点的时候从窗户溜出去，尽兴地玩到午夜时分才回来。要乔治改掉这些坏习惯似乎难于登天，但布兰特夫妇最终还是成功了。他们用苹果和弹珠"收买"了这个孩子，让他待在家里。这对慈祥的夫妇把所有的时间和注意力都放在规训乔治上，却无济于事。他们眼中含着感激的泪水，说艾迪根本不需要他们费任何心力，他是那样听话、那样体贴，无论从什么方面来说，都是那样完美。

孩子们逐渐长大，可以工作了，于是去找了个当学徒的营生。爱德华是主动去的，乔治则需要哄骗利诱。爱德华工作努力，踏实肯干，不再让慈祥的布兰特夫妇为他花钱，他们都表扬他，教他的师父也很赞赏他。但是乔治跑了，布兰特先生出钱又费力，才把他找到，带回来；不久他又跑了——又花了更多的钱和更多的心力；他又跑了第三次——还偷走了一些东西。布兰特先生再次又花钱又费力，这次他还费了好大一番功夫，才成功说服师父，没有以偷窃罪控告这个小伙子。

爱德华稳扎稳打地工作着，后来成为师傅店里的正式合伙人；乔治却毫无起色，他一如既往地，让恩养自己、已经年迈的慈爱父母忧心忡忡。他们想尽办法，不让他走向毁灭。爱德华从小就爱参加主日学校、辩论社、教会捐赠活动、禁烟组织、反渎神社团，诸如此类；成年以后，他常去教堂、戒酒协会，以及所有帮助人们振作的活动帮忙，他很安静，也兢兢业业，老实可靠。这一切没有引起任何人的赞赏，也没有谁曾有所注意，因为这就是他的"本性"。

最终，两位老人去世了。他们在遗嘱中表示，对爱德华，他们又喜爱又骄傲，而他们那点财产，要留给乔治，因为他"需要"，而"由于上帝丰厚的赐予"，爱德华的情况就大不一样了。财产留给乔治也是有条件的：他必须用那笔钱把爱德华那位合伙人的股份全部买下，不然就只能捐给一个名为"囚犯之友"的慈善机构。二老留下了一封信，信中请求爱子爱德华代替他们照看乔治，像他们在世时一样，帮助和保护他。

爱德华尽职尽责地默许了，乔治成为他生意上的合伙人。他可不是个好合伙人：他从前就已经酗酒成性，很快就成为一个终日醉醺醺的酒鬼——光看他那让人生厌的外表与眼睛，就能看出这一事实。爱德华爱上了一个温柔善良的姑娘，已经追求了一段时间，而且两人深爱彼此。可就在这个时候，乔治也开始追求她，声泪俱下，苦苦哀求。最终她泪流满面地找到爱德华，说她眼前分明摆着一份高贵神圣的职责——她不能让一己私欲成为妨碍：她必须嫁给

"可怜的乔治",去"改造他"。这会让她心碎——肯定会。她说了很多类似的话,但职责必须履行。于是她嫁给了乔治,爱德华几乎心碎,她也是。不过,爱德华还是从失恋中恢复过来,娶了另一个姑娘——也是个非常优秀的姑娘。

两个家庭都有了孩子。玛丽着实是拼尽全力去改造丈夫,但却付出了巨大的代价。乔治恶习不改,照常酗酒,不久就开始虐待她和几个孩子。很多好心人都去劝说乔治——其实他们总是在劝说——但他心安理得,觉得他们是在尽责,他理应得到这样的关心,也并不会有所改正。随即他又染上了一个恶习,即暗中赌博。他欠下了很多债,用店里的名义借了很多钱,当然都尽可能偷偷摸摸地进行,一直顺心如意。直到一天早上,警长前来将商店充了公,两兄弟发现自己成了穷光蛋。

日子变得艰难起来,而且情形雪上加霜。爱德华拖家带口搬进了一个顶层小阁楼,自己日夜在街头逡巡,到处找工作。他到处求人,但实在是找不到。他惊讶地发现,自己这张脸很快就变得不受欢迎,又发现人们过去给予他的关照,是如此飞速地褪却和消失,在惊讶之外又平添了一份伤痛。然而,他一定要找到工作。于是他咽下所有的懊恼委屈,努力地去找活干。终于,他找到了——是将砖头放在煤斗里,爬着梯子搬到上面的工作。能找到这份工作他十分感激，但之后就没有任何人知道或关心他的任何事情了。他没办法再像原来一样，定期为自己参加的各个慈善组织捐款了，因此只能眼睁睁看着自己被除名，忍受刀割般的痛苦。

但公众越快对爱德华丧失兴趣，不关心其去向，就越快对乔治关怀备至。一天早上，有人发现他躺在水沟里，衣衫褴褛，酩酊大醉。妇女戒酒救济会的一位成员将他捞出来，悉心照料，还为他发起了募捐，让他远离酒精长达一个星期之久，然后为他找了个工作。报上还登载了关于此事的文章。

因此，这个可怜的家伙得到了广泛关注，很多人都对他伸出援手，要用支持和鼓励来改造他。两个月之内他滴酒未沾，同时也得到很多好心人的关怀。接着他又堕落了——再次倒在水沟里，潦倒不堪。大家都为此痛苦和忧虑。但高贵的妇女救济会再次拯救了他，为他洗净身子，供他吃饱喝足，倾听他哀婉如音乐般的忏悔，又为他找了份工作。报上又登载了一篇文章，讲述了这件事的来龙去脉。这可怜的浪子再一次重新做人，与那害人的杯中物勇敢抗争，这故事让全城人民都流下了欣慰的泪水。城中举行了大型的重振戒酒的活动，人们发表了几篇激动人心的演说，主席也感动地说："现在，我们要请大家来签字保证戒酒。我想,在座各位只要看到接下来的动人场面,是不可能不为之泪洒当场的。"

一阵沉默,胜过千言万语。接着,在系有红色带子的妇女救济会小分队的护送下,乔治·本顿登上讲台,签署了保证书。现场响起雷鸣般的掌声,每个人都流下喜悦的泪水。大会结束后,人人都和这位回头是岸的浪子握手。第二天,他的薪资也提高了。全城都在谈论他,说他是英雄。报上也载文报道了此事。

每三个月,乔治·本顿就会很有规律地堕落、醉倒,但总有人尽职尽责地将他救起并进行改造,次次如此,还帮他找了很多好工作。最终,他们带着他全国上下巡回演讲,讲述一个酒鬼改过自新的经历,所到之处座无虚席,他给人们带去了十分积极的影响。

家乡人民喜欢他,爱戴他,十分信任他——不过是在不喝酒的时间段里——他甚至能够利用一位显赫市民的名义,从银行取出一大笔钱。这是欺诈,后果严重,要将他从中解救出来,需要承受巨大的压力,而人们也取得了一定的成功——他只用"进去"两年而已。服刑一年之后,那些好心人的不断努力终于有了结果,他兜里揣着一张赦免令,从监狱里出来。"囚犯之友"在门口迎接他,并为他提供一份薪资不错的工作,还有很多好心人专门前来给他建议、鼓励和帮助。爱德华·米尔斯曾经因为走投无路而去"囚犯之友"找工作,但只一个问题——你做过囚犯吗?——就让他的希望破灭了。

以上这一切发生的同时,爱德华·米尔斯正默默地直面逆境。他仍然贫穷,却有一份稳定且足够糊口的薪资收入,在银行做颇受尊重和信任的出纳员。乔治·本顿从未来找过他,也没人向他打听爱德华的情况。乔治在外乐不思归,很久没有回城了。也有过一些他的负面消息,但没有得到证实。

一个冬夜,几个蒙面强盗闯进了银行,发现里面只有爱德华·米尔斯一人。他们命令他交出密码,好打开保险箱。他拒绝了。他们便威胁会要了他的命。米尔斯说,自己的雇主很信任他,他不能背叛那份信任。如果情势所逼,他可以死;但只要活着,他就要忠人之事,绝不会透露密码。强盗们杀掉了他。

警探们将罪犯们捉拿归案,原来主犯便是乔治·本顿。大家普遍为死者的遗孀与遗孤感到同情悲悯,全国所有报纸都在呼吁全国所有的银行,要赞颂这位忠诚英勇的出纳员,要拿出一大笔资金,去救济他现今已无依无靠的家庭。结果募集到了整整五百美元——平均全国每家银行捐献了八分之三美分。出纳员本身所在的银行表达感激的方式,是试图去证明——却可耻地失败了——这位无与伦比的雇员，是因为账目不清，自己用棍棒敲碎了脑袋，只为了逃避审查和惩罚。

乔治·本顿被提审受训。此时大家又好像忘了那孤儿寡母，转而牵挂起可怜的乔治。他们动用了所有的钱财和影响力来营救他，但这些都没用。他被判了死刑。很快州长就被雪片般的减刑和赦免请愿书包围了。请愿的有眼含热泪的年轻姑娘，有痛心疾首的老太太，还有叫人怜悯的寡妇代表团，以及一群群感人至深的孤儿。但，不行就是不行，就这一次，州长绝不通融。

此时，乔治·本顿信奉了宗教。喜讯立刻传开了。从那以后，他的牢房里总有络绎不绝的少女、妇人和鲜花，从早到晚都有人在那里祷告，唱赞美诗，表达感恩之情，进行布道活动，并痛哭流涕——除了偶尔休息五分钟吃个点心，从未间断过。

这些事情一直持续到犯人上绞刑架的那一刻，乔治·本顿套着黑头套，满怀骄傲地"回了老家"。而这一片品德最高尚，最为善良的那一群人，围观行刑，泣不成声。有那么一段时间，他的墓前每天都有人敬献鲜花。墓碑上刻了一只举向天空的手，上面有句墓志铭："他曾英勇战斗过。"

那位英勇就义的出纳员的墓志铭是这样一句话："要纯

真、诚实、清醒、勤劳，体贴，这样就永远不会——"

没有人知道是谁嘱咐别把这句话刻完的，但事实就是如此。

据说，如今出纳员的家人生活很拮据；但没关系，很多激赏他的人士，不愿意让如此英勇忠诚的行为就这样默默无闻地成为过去，便募集了四万二千美元——并用这笔钱修建了一座纪念教堂。

临终剖白

我们的船正接近阿肯色州的拿破仑[1]港,于是我开始思考在那里要干的一桩差事。时值正午,阳光明媚。这可有点糟糕——反正不是最好的状况。因为我的差事并不适合在正午时分干(最好不要在这个时候)。我想得越多,这个事实就越显得迫切——以各类变换的形式。最终,它变成一个明确的问题:如果能够稍微牺牲一下舒适性与自然的

---

1 拿破仑曾经是阿肯色州德谢县县府,密西西比河畔曾经繁荣的港口城市,一八七四年被洪水淹没。

倾向性，就能够在晚上，在周围没有探询目光的环境下干这件差事。那么，仍然选择在白天干这差事，还合理吗？如此一来，问题便解决了。简单直接的问题与简单直接的答案，是解决大多数困惑的最短路径。

我把朋友们都请进了自己的特等客舱，说很抱歉给他们带来烦恼和失望，但经过慎重考虑，最好的选择确实是我们都携带行李上岸，在拿破仑港稍作停留。他们立刻表达了明确的反对，且言辞激烈。他们的主要观点，是自古以来在这种情况下总会首先出现的观点——"但您已然决定上船，并同意坚持在这艘船上了"，诸如此类。说得好像决定了做一件不明智的事情，就必定要一门心思向前，执行这一决定，把一件不明智的事情变成两件。

我对他们百般安抚，取得了不错的效果。被鼓励的我开始进一步努力。而且，为了向他们表明这桩烦人的差事并非因我自身而起，我也绝不该因此受到责备，便很快说起了来龙去脉——大致如下：

去年将近年终时，我在巴伐利亚州的慕尼黑待了几个月。十一月，我住在卡尔大街1a号的达尔维纳夫人公寓，但工作场所却离那里有一英里远，是一个靠收留房客养活自己的寡妇的家。应我的要求，她和两个年幼的孩子每天上午都会来找我，和我用德语对话。一天，我正在城里闲逛，参观了一个机构——这样的机构在城里一共有两家,供政府用于暂存和监管尸体,直到由医生确定永久死亡,而非昏睡。那个宽敞的房间啊,可真是个可怕的地方。目之所及是三十六具成年人的尸体,仰面躺在略微倾斜的木板上,排成了三长排——每具尸体都有着蜡白的僵硬面孔,都被包在白色的裹尸布里。沿着房间的四面都有深深的凹槽,像掏空的凸窗。每道凹槽里都躺着数个面孔如大理石般的婴儿,几乎完全被隐藏与埋葬在鲜花丛中,只能看到脸庞与交叠的小手。这些静止的人体一共有五十具,显得既大又小,每一具的一根手指上都套着一个指环。指环上牵着一根线直通天花板,从天花板连接到一座钟。钟位于那边的一个看守室,那里日夜都有看守人坐定待命,随时准备行动,帮助任何从死亡中醒来,发出一点动静的苍白"室友"——因为即便是最轻微的动作,都会使得那线抽动,触动可怕的钟响。

我想象自己作为一名死亡哨兵,在某个狂风哀号的漫漫长夜,独自坐在那里,昏昏欲睡。突然之间,那可怕的召唤响起,我的身体顿时惊吓过度,抖如筛糠!于是,我询问:"要是看守人快死了,而尸体到来后死而复生,并尽力让看守人的临终时刻过得轻松一点,那通常会有什么结果呢?"但我却遭到斥责,因为竟然想要在如此庄严与悲痛之地满足如此无关紧要且轻浮无比的好奇心。我心怀谦卑地离开了。

第二天上午，我把昨日的经历讲给那寡妇听，她激动大喊——

"跟我来！我有个房客，能把你想知道的都说给你听！他曾在那里做过守夜人。"

这位房客是个活人，却无一丝鲜活之气。他缠绵床榻，头被枕头垫得高高的，形容枯槁，毫无血色，深陷的双眼紧闭着，手无力地搭在胸口，仿佛禽爪，骨瘦如柴，手指细长。寡妇开口介绍我，男人的双眼缓缓睁开，从洞穴般含着沉沉暮气的眼窝中闪出邪恶的微光。他脸色阴沉地皱着眉头，抬起瘦弱的手，蛮横地示意我们离开。但寡妇依然不管不顾地自说自话，直说到我是个异邦人，来自美利坚。男人的面色一下子就变了，明亮甚至热切起来——下一刻，屋里就只剩他和我了。

我操着生硬的德语开了口，他用相当流利的英文回应。那之后我们就完全放弃使用德语了。

这位肺痨患者与我结为好友。我每日都去看望他，两人无话不谈——至少，除了妻儿，我们是什么都聊。只要不小心提及任何人的妻子与孩子，之后必定会发生三件事：他眼中会闪现出最亲切、充满爱意与温柔的光芒；这光芒旋即消失，取而代之的又是我第一次见他睁开眼时那种暮气沉沉的死灰；再接下来，他便不说话了，那天剩下的时间都不再作声，就躺在那儿，沉默不语，心不在焉，神魂出窍，显然没有在听我说什么，也对我的告别充耳不闻。在我离开房间的时候，更是显然没看到也没听到。

两个月来，我每日都去探望这位卡尔·里特尔，也是他病榻前唯一的密友。一天，他突然说——

"给你讲讲我的故事吧。"

继而，此人说出了下面这番话：

我从未放弃过，直到现在我才终于放弃了。我要死了。昨晚我认定自己死期将至，很快就到。你说有机会你要旧地重游，再回去看看那条河，诸如此类的。很好，那件事和昨晚恰好选中我的某件奇遇，叫我决定把自己的经历讲给你听——因为你会经过阿肯色州的拿破仑；并且会为了我在那里停留，帮我做一件事——等你听完我的故事，就会欣然答应帮我这个忙的。

这个故事，咱们能短说的地方，就尽量短说，因为这本身就是个很长的故事。你已经知道我是怎么去的美国，又是怎样在那个南部的偏僻之地安身立命的。但你并不知道，我曾经有过妻室。我的妻子年轻、美丽、爱意绵绵，啊，她真是完美如神话，是那样清清白白，文静温柔！而我们的小女儿，正是她母亲的小小翻版。即便放在幸福的家庭当中，我们也称得上是最幸福的。

一天晚上——那时候战争已经快结束了——我从沉沉昏睡中恍惚醒来，发现自己被五花大绑且堵住了嘴，空气中还弥漫着麻醉药的气味！我看到房间里有两个人，一个用嘶哑的声音对另一个悄悄说道："我告诉她了，要是她发出一丁点儿声音，我就会下手的。那孩子嘛——"

另一个人低声打断了他，语气里有点哭腔——

"你说过我们只会麻晕他们抢点东西，不会伤害他们，不然我不会干的。"

"闭嘴吧，别啰嗦了。他们都醒了，只能改变计划了；你已经想尽办法保护他们了，这样总满意了吧。过来，帮我翻一下。"

两个人都蒙着面，穿着粗糙破烂的"黑鬼"衣服。他们提着一盏牛眼灯，借着那灯光，我发现那个比较好心的强盗右手没有大拇指。他们在我那一贫如洗的小屋里翻找了一阵子，带头的那个强盗用那种能听得清楚的耳语说：

"这样找下去就是浪费时间——他会告诉我们藏在哪里的。别堵着他的嘴了，给我弄醒。"

另一个说：

"好——但是你不要用棍棒打他。"

"那就不打呗——只要他不乱动。"

他们朝我走来,就在此时,外面传来动静,很多人在说话,还有马蹄踏过去的声音。两个强盗屏住呼吸仔细听着,那些声音慢慢地越来越近,接着有人喊道:

"你好啊!这家的主人!点个灯吧,我们想讨口水喝。"

"是上校的声音,天——!"那个总是大声耳语的混蛋说道。两个强盗都从后门逃窜了,边跑边熄灭了那盏牛眼灯。

外面那些陌生人又喊了几声,便骑马走了——听声音感觉有个十几匹马——之后我就什么也听不到了。

我拼命挣扎,但没法给自己松绑。我想开口说话,但嘴被堵得严严实实,什么声音都发不出来。我仔细听妻女的动静,集中精神听了很久,但她们睡床所在的房间那头没有传来任何声音。这一片静默时时刻刻都在变得越来越可怕,越来越不祥。你觉得自己能这样忍过一个小时吗?那就可怜我吧——我忍了三个小时!那三个小时,就像三个世纪!钟一响,我就会感觉离上次听到钟响仿佛已经很多年了。这期间我一直在试图挣扎松绑,终于,快天亮的时候,我挣脱开了绳子,得以站起身来舒展一下已经僵硬的胳膊和腿。屋里各处的狼藉一目了然。地上到处都是东西,是强盗们翻找钱财时乱扔的。我最先定神注意到的是我的一份文件，刚才两个强盗逃窜的时候，我注意到比较凶悍的那个朝这文件瞥了一眼。上面有血！我踉跄着走向房间另一头。哦，我可怜的妻女，你们手无寸铁，软弱无助。她们躺在地上没了声息，也结束了烦恼。而我的噩梦，就此开始。

我求助于法律了吗——我？君王喝水，能解贫民之渴吗？哦，不，不，不——我绝不希望粗暴的法律干预。即便根据法条，判处他们绞刑，也偿还不了他们欠我的债！法律就不要插手了，让我自己去办吧，不用有任何忧惧：我会找到欠债者，自己把债收回来。你问我怎么能办成？我既没有看到两个强盗的长相，也没听过他们日常说话的声音，更完全不知他们到底是谁，那我到底怎么才能成功，还对达成目的志在必得？你问得都对，但我就是志在必得——非常确定，很有信心。

我手里有条线索——你也许觉得这没什么价值——就连专业侦探也会觉得这线索没什么帮助，因为他缺少运用这线索的诀窍。有一件事情，让我稍稍摸到点着手报仇的明确方向：那两个强盗明显是伪装成混混的士兵，还不是刚入伍的，是老兵了——也许还是正规军。他们举手投足之间那种军人做派，不是在军队里一天，一个月，甚至一年就能形成的。我就是这么想的，但什么也没说。其中一个，就是我会取他性命的那个，说过："是上校的声音，天——！"离我那小屋大约三公里之外驻扎着几个兵团和两个美国骑兵连。C连的布莱克利上校那天晚上带着护卫经过了我们家。我听说这个消息的时候，也没有言语，但我已经明白并下定决心，要去那个连找到我要找的人。和别人谈起这事，我总是故意说两个强盗都是流浪汉，是随军流动借机捡点小便宜的人，大家就在这种人之间去找，没有任何收获，只有我怀疑他们是当兵的。

晚上，我在凄凉的家里耐心计划筹谋，我用各种各样的衣物给自己打造了一个伪装，又去离得最近的村里买了一双蓝色防护眼镜。不久，驻扎的军队被分开调走了，C连受命去了拿破仑港，我把自己存的那些小钱偷偷藏在腰带里，当晚就启程了。C连到达拿破仑港时，我已经先到了。是的，我已经在那里了，干起了新的营生——算命。

我戏做得足，在所有驻扎在那里的连队里都交了朋友，也都替他们算命。但我在C连投入了大部分的精力。对C连的那些人，我永远是随叫随到，随时效劳。不管他们叫我帮任何忙，冒任何险，我都不会拒绝。他们取笑我，我也表现得心甘情愿。这样一来就更受欢迎了，我成了他们最喜欢的人。

我很早就发现有个二等兵没有大拇指——当时真是太

高兴了！后来我又发现整个连队只有他没有大拇指，最后的疑虑也消失了。我很确定自己是找对方向了。此人叫克鲁格，德国人。C连有九个德国人。我仔细观察有没有谁跟他走得比较近，但他似乎并没有特别好的朋友。但我成了他的好朋友，也有意经营，让他和我越来越亲密。有时候，复仇的渴望强烈地涌上心头，我几乎控制不住自己，想要跪在他面前求他直接说出到底是谁杀了我的妻子和女儿。但我拼命管住了嘴。我继续算命，静候着合适的时机。

我算命的工具很简单：一点点红漆和几张白纸。有人来找我算，我就把对方的大拇指肚涂上漆，印在白纸上，当天晚上研究一番，第二天把算出来的内容告诉他。我怎么会想到看上去这么荒唐的方法呢？是这样的：年轻的时候，我认识一位法国老人，坐过三十年牢。他说一个人全身上下，从出生到死亡，有一样东西是永远不会变的，就是大拇指上的指纹，还说不管是哪两个人，互相之间这部分的指纹都不会完全一样。如今谁犯了罪，我们就给他拍张照片，警方放进资料库里，供以后参考。但在那个法国人的时代，抓到了犯人，就会把他的大拇指指纹印下来放好，供以后参考。

他总说，照片不是好办法——只要伪装一下，照片就没用了。"只有那里是唯一确定的，"他说，"伪装不了。"

他也会用我的朋友与熟人来证明自己的话,屡试不爽。

我一直在算命。每天晚上我都独自一人,关起门来,用放大镜研究当天印下的大拇指纹。你想象一下,我注视着那些迷宫一般的红色旋涡,心中是多么急切,恨不得马上就能查个究竟。我身边还摆着那份文件,上面有那个凶手右手大拇指和其他手指留下的痕迹,而那正是我在这个世界上最亲爱之人的血迹!多少次啊,有多少次,我都万分失望地重复着一句话:"就没有一个对得上的吗?"

但我的努力最终有了回报。我试到 C 连的第四十三个人时,终于找到了对得上的指纹——这个人是二等兵弗朗兹·阿德勒。一个小时之前,我还不知道凶手的名字、声音、身材、长相和国籍,现在,我什么都知道了!我认为自己是可以确定的,那个法国人数次用事实向我展示证明了这一点,让我心里很笃定。不过,想要完全确定,也是有个办法的:我印了一张克鲁格的左手大拇指指纹。一天早上,他没有执勤,我把他叫到一边,在周围没有旁人听得到或看得到的情况下,用激动又严肃的语气说:

"你的命数之中,有一段实在太可怕,所以我觉得不要公开讲对你比较好。你和另一个人——昨晚我给他也算了命——就是二等兵阿德勒——曾经杀过一个女人和一个孩子!有人在跟踪你们,五天之内,你们俩都会被暗杀。"

他瘫软着跪在地上，吓得魂飞魄散。接下来五分钟，他都像神经错乱一样，重复着同样的话，声音里带着哭腔，正是我记忆中小屋谋杀之夜时的那种口气：

"不是我干的，我发誓不是我干的。我还想叫他不要干来着，真的，上帝作证。是他一个人干的。"

我想要的证据已经有了，现在只想甩掉这个蠢货。但是不行，他一直缠着我，哀求我救救他，别叫他被暗杀。他说：

"我藏着钱呢，一万美元，都是偷来抢来的。救救我吧，给我指条路，这些钱都是你的，一分一厘都是你的。这钱有三分之二都归我表哥阿德勒，但是你可以全部拿去。我们刚来这儿的时候就藏起来了，但昨天我又换了藏钱的地方，还没告诉他——也不会告诉他的。我本来是要逃跑的，我要彻底逃走。那些钱换成了金币，逃跑的路上还要躲避追兵，带着太重了。但有个女人两天前先过河去帮我安排逃跑的路，她会带着那些钱跟上我。要是我没机会跟她讲钱藏在哪里，我会把自己那块银表偷偷塞到她手里，或者叫人给她，她就明白了。表的背面藏了一张纸条，所有的信息都在上面。来，这表你拿着吧——快告诉我该怎么办！"

他硬要把表塞给我，还把那纸条拿出来解释给我听。正在这时，阿德勒出现了，就在离我们十米远的地方。我对可怜的克鲁格说：

"把你的表戴上吧，我不要。你不会有任何危险的。走吧。我得把阿德勒的命数告诉他。很快我就会告诉你该怎么逃脱暗杀，不过我还得再看看你的指纹。这件事千万别告诉阿德勒——别告诉任何人。"

他满含着惊骇和感激离开了，可怜啊。我给阿德勒讲了一段很长很长的命数——故意讲得很长，这样根本讲不完——然后保证说，等他那天晚上执勤的时候我去找他，把最重要的部分告诉他。我当时说，那就是他命数里最悲惨的那部分，所以不能被任何人偷听了去。城外一直设有一个警戒哨——是象征性的，为了整肃军纪而已——周围不会有敌军出没，所以那个岗哨没什么实际作用。

接近午夜时，已经得知口令的我出发往阿德勒执勤的那个偏僻区域走去。外面漆黑一片，我还没来得及阻止，就和一个模糊的人影相撞了。那个哨兵和我几乎同时出声，他问了口令，我回答了，又加上："是我呀，那个算命的。"接着我就溜到那可怜人的身侧，一言不发地把我那把短匕首插进他的心脏！我狂笑不止，这确实就是他命数中最悲惨的部分了！他从马上滚落下来，抓了我一把，手里紧握着我的蓝色防护镜。马向前猛冲起来，他的一只脚还卡在马镫上，就被拖走了。

我从树林里逃走了，永远地逃走了，没有再去管那能定罪的防护镜还攥在死人的手中。

这是十五六年前的事情了。那之后我便在这世上漫无目的地徘徊，有时工作，有时闲散；有时身上有钱，有时身无分文。但对生命的厌倦是从来没变的，我希望一死了之，因为那晚的行动之后，我在这世上的使命已经完成。那漫长乏味的日子里，唯一让我感到喜悦、宽慰与满意的事情，就是每天回想当时的场景："我已经亲手杀了他！"

四年前，我的身体逐渐变差了。漫无目的地，我游荡到了慕尼黑。因为没钱了，我就找了一份工作，尽职尽责地干了大约一年，就被派去你最近去的那个停尸间，负责守夜。那个地方很契合我的心意，我很喜欢那里。我喜欢和死人待在一起——独自一人和他们待在一起。曾经，我总是在那些僵硬的尸体之间漫步，凝视着一张张毫无修饰的苍白的脸，一走就是一个小时。死的时间越久，尸体的样子就越惊人。我特别喜欢那些停放了比较久的尸体。有时候我会把灯光调暗，这样比较有阴影效果。我可以充分发挥想象力，看那些死者不同程度地脱形，慢慢地没了人样。这会激发你古怪而神奇的幻想。

两年前——那时候我在停尸房干了一年了——我独自一人坐在值班室。那是个疾风阵阵的冬日夜晚，寒冷刺骨，很不舒适。我打着瞌睡，渐渐地睡迷糊了。耳边呜咽的风声和远处百叶窗猛烈拍击的声音变得越来越远。突然间，头顶响起尖锐刺耳，叫人毛骨悚然的铃声——是从停尸房传出来的。我震惊得几乎不得动弹，我还是头一次听到这种铃声。

我振作起来，飞奔去了停尸房。在最外面一排的中间，一个被盖着裹尸布的人正慢慢坐直，头缓缓地从一侧偏到另一侧——真是太可怕了！他脸的一侧向着我这边。我赶紧上前去，仔细看那张脸。天啊，是阿德勒！

你能猜到我首先想到的是什么吗？如果用语言描述的话应该是这样："好吧，这么看来，你上次是侥幸逃出了我的手心——这次不会了！"

很显然，这家伙正感到旁人无法想象的恐怖。你想想，在一片悄无声息之中惊醒，又看到一堆冷冰冰的死人！看到眼前出现了个活人，他那瘦骨嶙峋的苍白的脸上出现的感激之情，是多么灿烂啊！等他的目光落在我手里那提神的药剂上，那无声的感激更是变得强烈非常！你再想象一下，接下来这张苍白的瘦脸上会出现什么样的恐惧表情吧，因为我把药剂背到身后去，满口嘲弄地说：

"说话吧，弗朗兹·阿德勒——召唤这些死人吧。他们无疑会听到你的呼唤，对你加以同情。但除此之外，这儿再没旁人会可怜你了。"

他努力想要说话,但裹尸布也绑着他的下巴,很紧,叫他张不开嘴。他想要举手以示哀求,但双手被交叉地绑在胸前。我说:

"喊啊,弗朗兹·阿德勒,让远处街上那些熟睡的人听到你的声音,过来帮你啊。喊啊——一刻也别耽误,因为你耽误不起。什么,你喊不出来?真可惜啊。但也没关系,喊也不一定有人来帮你。你和你的表弟,在阿肯色州的一间小屋里,杀了一个手无寸铁的女人和孩子——那是我的妻子,是我的孩子!那时候她们尖叫着喊救命,你还记得吗?但是没用。你记得的,没用,是不是?啊,你这咬牙切齿的——那怎么还喊不出来呢?用你的手解开绑带啊——这样就可以喊了。啊,我明白了——你的双手都被绑住了,帮不了你。

"这么多年了,终于天道轮回,也真是奇妙啊。我的手当时也是这么被绑着的,就在那天晚上,你还记得吗?是啊,就像现在的你被绑得这么紧——这也太奇妙了。我完全挣脱不开。你没想过要给我松绑。我也不想给你松绑。

"嘘——!听到脚步声了吗?朝这边来了。听啊,离得多近啊!这声音都能数出来:一步——两步——三步。来了,就在门外。就是现在,喊啊,你快喊啊!是生是死,你就这一次机会了！啊，你看看，你耽误太久了——他走了。听，脚步声越来越弱了。完全消失了。

"想想吧——好好思考一下吧——刚才是你最后一次听到人类的脚步声。听着那么普通的一个声音，想着永远都不会再听到了，这感觉一定很奇特吧？"

哦，我的朋友啊，看到那个被五花大绑的人脸上出现极度痛苦的神色，我真是一阵狂喜！我想到了新的折磨方式，马上执行——还撒了个小谎，来增强折磨的效果——

"可怜的克鲁格啊，那时候还想着救我的妻子和孩子。时候到了，出于感激，我就回报了他的善心。我说服他抢了你的钱，还和那个女人一起帮他逃走了，帮他找到了安全的地方藏身。"

被我折磨的那个家伙，痛苦的脸上依稀露出夹杂着惊讶和胜利的表情。我被他弄得心烦意乱，焦虑不安起来：

"那么到底怎么了——他没逃成吗？"

他摇摇头。

"没有？那是怎么回事呢？"

那布条交错的脸上，洋洋得意的表情更加明显了。他含糊地咕哝了几下，还是没能说出话来，又想用被紧绑着的手比划，也没成功。他停顿片刻，无力地偏了偏头，意有所指地朝着离自己最近的那具尸体。

"死了？"我说，"没逃出去——被抓了现行，枪毙了？"

摇头。

"那是怎么回事？"

他又想用手比划。我认真地看着，但猜不出来意思。我弯下腰，全神贯注地看了一会儿。他扭着一根大拇指，虚弱地敲打着前胸。"啊，你是说被匕首刺死了？"

他肯定地点点头，露出阴森森的微笑，特别可怕。我那迟钝的脑筋这才电光石火地反应过来，失声说：

"是我刺的吗？把他错当成了你？——那一刀是刺你的啊！"

这还要再死第二次的混蛋点点头，即便力量越来越弱，也展现出一丝喜悦和得意。

"哦，造孽啊，我真是造孽，我竟然杀了一个可怜的人——在我的亲人们恐惧无助的时候，他还帮过她们啊，要是他能救，是会救她们的。哦，造孽啊，造孽啊，我真是造孽！"

我仿佛听到闷声的轻笑，夹着嘲讽与奚落。我把埋在双手中的脸抬起来，看见我的仇敌正在那倾斜的停尸板上，慢慢往后躺下。

他要气绝，还要等很长时间。生命体征很不错，体格好得令人震惊。是啊，他还有很长时间好活呢。我搬来一把椅子，拿了一张报纸，坐在他旁边读了起来。偶尔我会喝口白兰地。因为太冷了，必须得喝。但还有一个原因是，我发现只要我伸手去拿酒瓶，他就以为我也会给他喝一点。我大声念着报纸，很多都是编出来的情节，什么从墓中被抢来的尸体，喂了几勺酒，泡了个温暖的热水澡，就又活过来了，变得精力充沛。是啊，他过了很久，受尽了痛苦才死去——从他摇响那铃铛算起，总共三小时又六分钟。

大家普遍认为，尸体看管制度建立的十八年以来，巴伐利亚的所有停尸间，没有任何一个裹尸布捆好的"住客"摇响过自己的铃铛吧。嗯，这想法没什么害处。就让大家保持这个想法吧。

停尸间的寒气渗进我的骨头缝里。本来在那天晚上之前，我的病正慢慢减轻，之后却又加深加重了。那个人杀了我的妻子和女儿，三天之内，我也要死了，也相当于是他杀死的。没关系——天啊！想起那天晚上，我是多么高兴啊——他从坟墓中逃脱，落到了我手里，我又把他狠狠地塞了回去。

那天晚上之后，我有一个星期都卧床不起。不过一等到能起身活动，我就去了停尸间的档案记录，找到阿德勒最初死去的房间号。那是一个很简陋的小宿舍。我想，作为克鲁格的表哥，他自然是把他财物拿了。要是可能的话，我想找到克鲁格的那块表。但在我病重卧床期间，阿德勒的东西已经被全部变卖，四下散落了，只剩下几封过去的通信，还有些毫无价值的零碎玩意儿。不过，我从那些信中发现克鲁格有个儿子，是他唯一还活着的亲人。现在他已经是而立之年，一个鞋匠，住在曼海姆国王大街十四号，妻子已经过身，他与几个年幼的孩子相依为命。从那以后，我就帮他承担了三分之二的抚养费，也没有向他解释原因。

现在再说回那块表——世事实在是奇特难料啊！我花了很多钱，费了很多心思，在全德国上下甚至周边搜寻那块表，最后终于被我找到了，找到之后真是说不出的高兴。我打开表，发现里面什么都没有！哎，我怎么早没想到，那张小纸条不可能一直都被放在表里啊。自然，那时候我就不再去找那一万美元，也不再去想了。但我很伤心，因为本想把那些钱给克鲁格的儿子的。

昨天晚上，我终于接受了自己必死的事实，就开始做准备了。于是我动手去烧所有的文件——啊，是啊，我有一叠从阿德勒那里找到的信件文书，之前没有全面认真地看过，昨天整理的时候里面突然掉出一张纸条，正是我找寻已久的那张！我立刻就认出来了。你看，就在这里，让我给你翻译一下：

"砖头砌的马房，石基上，镇子中心，奥尔良市场往法院走那个方向的角落。第四排，第三块石头。那里塞了纸条，说了有多少人要来。"

给你，拿着，保存好。克鲁格说了，那块石头是可移动的，在石基的北墙，从上往下数第四行，从西数过来第三块石头。钱就藏在那里。他说最后一句话是故意加上的幌子，要是纸条被不轨之人拿到，好以防万一骗过对方——可能恰好就骗过了阿德勒。

现在我想求你，实现你的计划，沿河旅行，把那些藏着的钱找出来，寄给亚当·克鲁格，就按我刚才提到的曼海姆的地址。有了这笔钱他就是个富人了。那个人努力救过我的妻子和女儿，能尽全力帮到他的儿子，我九泉之下也可以瞑目了——尽管我失手杀了他，心却一直向着他，为他效劳。

加州传说

三十五年前，我曾在斯坦尼斯洛斯河上淘金。我手拿挖凿工具，带着淘盘与号角，四处去洗沙，总想一把淘到大金矿，却从未如愿。那个地方风景不错，树木葱茏，气候温和宜人，多年以前也是个人口众多的地方，但现在人都消失了，这迷人的天堂没了人烟。那些人把这里的地表挖了个遍，接着就离开了。这儿有个地方，曾经是个繁华的小城市，有几家银行、几家报纸、几支消防队，还有市长和参议员，后来只剩下无边无际的绿色草皮，甚至寻不到一丁点儿人类曾在这里生活的迹象。荒原一直延伸到塔特尔镇。在那个镇子周边的乡村地区的尘土飞扬的道路边，不时可以看到一些极为漂亮的小农舍，别致舒适：藤蔓像蛛网一样攀爬覆盖，玫瑰开得像大雪一般厚密，因此你完全看不到农舍的门窗——说明这些都是被人废弃的房屋。

多年前，那些受挫后心灰意冷的家庭，既卖不出去，也送不出去这些房子，只好抛家离去。每隔个半小时左右，就能偶遇一些孤寂的小木屋——那是最早的淘金时代的遗迹，由最初那批淘金者修建，他们还要先于那些农舍的修建者。

还有极少数小木屋中仍旧住着人。如果遇到这种情况，你几乎可以肯定，住在里面的就是那位修木屋的拓荒人。还有一件事你也可以肯定——他之所以还在那里，是因为他曾经有个机会，能够腰缠万贯，衣锦还乡，却没有这样做，情愿舍弃财富，又因为羞耻而决心与家乡的一切亲朋好友断绝来往，从那以后他在他们心中就是死人一个。那时候，加州附近四处散居着很多这样的活死人——都是些可怜的家伙，伤透了自尊，四十岁就已头发花白，老态龙钟，内心深处隐藏的全是无言的痛悔与渴望——痛悔自己一生许多光阴，渴望结束痛苦挣扎，来个痛快了断。

多么寂寥的一片土地啊！除了低低的虫鸣，那绵延的草地与树林是如此寂静。放眼一望，杳无人烟，更无兽影。这里没有任何东西能让你情绪高涨，也无法对生而为人感到喜悦。因此,一天午后不久,当我终于瞥见了一个人类时,实在感到由衷的感激与振奋。这是个约莫四十五岁的男人,他站在一座小农舍的门口——就是前文已经提过的那种,精致舒适,门窗上开满了玫瑰花。不过,这座农舍一点也没有被废弃的样子,里面明显住了人,还被精心打扫、维护和照料。前院也是布置过的,变成了一座花园,花木扶疏,生机勃勃,绚丽多姿。当然,我也被主人邀请进屋,他请我不要客气——乡间民风如此。

这样一个地方真是叫人无比愉悦,毕竟,过去这漫长的几个星期,我日日夜夜都在淘金者住的小窝棚里——也就是说,要面对没有铺地板的泥地,从不整理的床铺,粗糙的锡盘和锡杯,吃腌猪肉和豆子,喝黑咖啡,以及只能看着那除了一些从东部画报上扯下来的战争景象图片,再无其他饰物的原木墙。那实在是艰难、乏味、唯利是图的孤苦生活,眼前这个舒适的小窝,总算能让疲惫的双眼得到休息,让人天性里的某种东西为之一振。这种天性已经长期得不到供给,直到面对有艺术性的物件不管其多么廉价而质朴,我才意识到自己一直处在无意识的饥饿当中,现在终于找到了营养品。

放在过去,我绝对不会相信,一块破呢料地毯就能让我享受一场感官与精神的盛宴,叫我如此心满意足;也不会相信，这房间里的装饰能给我的灵魂带来如此的慰藉。你看那墙纸，装了画框的版画，颜色鲜亮的椅背罩和台灯垫，温莎时代的椅子，还有涂了亮漆的陈列架，上面摆着贝壳、书籍和瓷花瓶，还有些说不出是什么品类的小东西；这里感觉是一个女人精心收拾出来的家，置身其中时不会有什么特别的感觉，但一旦失去就会想念。我内心深处的愉悦也在脸上表现出来，那个男人看了十分高兴。因为我的情绪太明显了，就像已经说出来了似的，于是不需要我开口，男人就回应道：

"都是她的功劳。"他柔情蜜意地说，"都是她亲手布置的——一点一滴。"他一眼扫遍全屋，眼里满是深情的崇拜。一个画框的上方装饰了柔软的日本料子，女人们用这种东西来做装饰时，都是看似漫不经心，实则充满了心思。那料子有点不大整齐了，他注意到了，赶紧小心翼翼、一丝不苟地整理了好几次，每次都退后一步观察效果，直到满意为止。

接着他伸出手，轻轻拍打了一两下，说着："她也经常这么做。你就是说不出到底缺了点什么，但不拍这两下的话确实就是差了点什么——拍了之后你就能看出不一样了，但也说不出个所以然来。其中的奥妙，真是捉摸不透。我想吧，这就好像妈妈给孩子梳完头之后，还要在上面拍拍。

我经常看她这么画龙点睛地收拾这些东西,所以也完全能按照她的方法来做事了,不过我对其中的奥妙是一无所知的。但她就知道,她既知道怎么做,也清楚为什么;我就不知道为什么,我只知道怎么做。"

他把我带进一间卧室,方便我洗手。这样的卧室我是多年未见了:白色的床单,白色的枕头,铺了地毯,贴了墙纸,挂着相片,还有梳妆台,上面有镜子、针插和精致讲究的梳妆用品。角落里摆了个脸盆架,有个货真价实的瓷盆和水罐,一个瓷盘里放了肥皂,一排架子上还放了不止一打毛巾——真是太干净,太洁白了,一个很久没用过这种毛巾的人一朝用起来,还隐约有点亵渎了的感觉。我的表情又透露了心里想说的话,于是他再次心满意足地答道:

"都是她的功劳,都是她亲手布置的——一点一滴。这里的每一样东西都被她的手抚摸过。那么你可能会想——不过我不应该那么多嘴。"

此时我正擦着手,仔仔细细地打量着屋里的每一件物品——人到了个新地方,看到的每样东西都赏心悦目时,就一定会像我这么做的。接着我突然意识到,就那种不知如何解释、莫名其妙的意识,你明白的——意识到在某个地方有某样东西,这个男人希望我自己去发现。这种感觉非常准确,我也清楚,他正在偷偷摸摸地用眼神示意,想助我一臂之力。我也急于满足他，于是万分努力地想要找对方向。不用他说，我只用眼角的余光一瞥，就知道自己失败了好几次。但到最后，我知道自己肯定是在直视着那样东西了——因为我感觉到他的喜悦像看不见的浪潮翻滚而来。他高兴地哈哈大笑起来，搓着手，喊道：

"就是它！你找到啦。我就知道你会找到。这是她的相片。"

我走到前面那面墙边，上面挂了个黑色胡桃木的小搁板，确实发现有个我之前没注意到的小相框，照片用的是早期银版照相法，里面的姑娘实在是极其温柔和美丽，至少是我前所未见的。男人尽情享受着我脸上流露出的钦慕，十分满意。

"她去年过了十九岁的生日，"他说着把相片放回去，"我们就是在她生日那天结的婚。等你见到她——啊，你就等着见她本人吧！"

"她在哪里？什么时候回来？"

"哦，她现在不在。她去探亲了。他们住在离这里六七十公里的地方。到今天为止她已经去了两个星期了。"

"你估计她什么时候回来？"

"今天是星期三，她星期六回来，晚上——应该大概在九点左右。"

我感到深深的失望。

"真遗憾啊，那时候我已经走了。"我扼腕道。

"走了？不——你为什么要走？别走。她会失望的。"

她会失望——那美丽的人儿！如果这话是她亲口所说，那我可是荣幸之至了。我从内心深处感到一种强烈的渴望，我想见到她——这渴望化成强烈的祈求，十分坚决，叫我害怕起来。我对自己说："我要立刻离开这个地方，不要搅得自己心神不宁。"

"我说，她喜欢有人在家里跟我们待在一起——见过世面的又健谈的人——你这样的人。她会特别高兴，因为她知道——哦，她几乎什么都知道，也特别健谈，哦，就像一只小鸟。——还有她读的那些书，哎呀，会让你大吃一惊的。别走，只不过等一会儿而已，我说，不然她会非常失望的。"

我听到了他说话，但几乎没听进去。我深深地陷入自己的思虑与挣扎之中，连他走开了我都不知道。不一会儿他回来了，手里拿着那个相框，在我面前打开，说：

"好了，现在，你自己看着她的脸，告诉她你本可以留下来见她，但你不愿意。"

这是看她的第二眼，我的决心土崩瓦解。我要留下来冒冒险。那晚我们悠闲地抽着烟斗，谈天到深夜，聊了各种话题，但主要还是聊她。当然了，我已经很久没享受过如此愉悦和放松的时光了。周四到了，又轻松自在地溜走了。将近黄昏时分，一个身材魁梧的矿工从大约五公里外过来——他就是那种头发花白，困在此地的拓荒者——用庄重而冷静的语调热情问候了我们，接着说道：

"我就是过来问问小夫人的情况，还有她什么时候回家。她有消息来吗？"

"哦，有的，来了封信。你想听听吗，汤姆？"

"哎呀，亨利，只要你不介意，我自然是愿意的！"

亨利从钱夹里掏出那封信，说如果我们没意见，他会跳过一些私密的措辞，接着就读了信的大部分——这封出自她手的信充满了爱恋，又宁静庄重，总体来说真是富有魅力，优雅亲切。后面还附上了深情的问候，还提及了汤姆、乔、查理等亲密朋友与邻居们。

信读完了，他瞥了一眼汤姆，叫道：

"哦呵，你又来了！把你的手拿开，让我看看你的眼睛。我读她的信时你总是这样。我要写信告诉她。"

"哦，不，你不能这样，亨利。我这是老了，你也知道，一点小小的失望就会叫我想哭。我还以为她本人已经回来了，结果你只有一封信。"

"哎呀，你这是怎么回事呀？我还以为人人都知道她要到星期六才回来的。"

"星期六！哎呀，好好想想，我是知道的。真不知道最近我是怎么了？我当然是知道的。我们不是都在准备迎接她吗？嗯，我现在得走啦。但等她回来的时候，我会随时过来的，老弟！"

周五午后晚些，又来了个头发花白的老拓荒者，从他将近两公里外的小木屋不辞辛劳地走过来，说兄弟们都想在周六晚上过来热闹地庆祝一番，只要亨利觉得她不会因为旅途劳顿而过于疲累。

"累？她怎么会累呢！你听听这是什么话！乔，你很清楚啊，不管是谁，只要能叫你们高兴，她可以一连六个星期不睡觉呢！"

乔听说有她的信，就请求读来听听，里面写给他的那些温言软语，让这老家伙全线崩溃。不过他说自己已经老不中用了，就算她只是提到自己的名字，也支撑不住的。"天啊，我们太想她了！"他说。

到了周六下午，我总是不自觉地看表。

亨利注意到了，很惊讶地说：

"你别是以为她很快就要到了吧？"

我感觉被人看穿了心思，有点不好意思，但还是笑着说，只要在等人，我就有这么个习惯。但他并不满意这个答案，从那以后也显得有点心神不宁。他四次带着我走到路上，好去眺望远方。他站在那里，手搭凉棚往远处看。好几次他都说：

"我有点担心起来了，真的很担心。我知道她要到九点才回来，但心里总感觉有个声音在警告，是出了什么事儿。你觉得呢，不会出什么事儿吧，啊？"

他这种幼稚的行为真叫我感到特别害臊。终于，他又一次带着哀求的语气重复那个问题之后，我一时间失去了耐心，对他说了颇为残忍的话。这些话似乎叫他手足无措起来，还起到了一些威吓作用。之后他就一副受伤的样子，战战兢兢的，叫我厌恶自己竟然做了这么残酷又没必要的事。所以，当夜幕降临，另一个老拓荒者查理前来的时候，我十分高兴。他偎依在亨利身边听他读信，又讨论起为她接风洗尘的准备工作。查理一句又一句地说着热情友好的话，竭尽全力地驱散这位朋友不祥的预感与忧虑：

"她出过什么事儿吗？亨利，你完全就是在胡说。她不会出什么事儿的，你就放宽心吧，别多想啦。信上说什么？说她很好，对吧？说她会在九点到家，对不？你见过她说话不算数吗？哎呀，你也很清楚，从来没见过。好了，那你就别再发愁啦。她会回来的，绝对会的，简直和你已经出生了这事儿一样确定。好了，来吧，我们装饰一下吧——没多少时间啦。"

很快,汤姆和乔也来了,每个人都动起手来,用鲜花装饰了这个家。快到九点时,三个人说他们还带了乐器过来,不妨把音调好,因为姑娘小伙儿们也很快要来了,一定都很想好好跳上一曲老式的快步舞。一把小提琴,一把班卓琴,一支单簧管——这些就是他们的乐器。三人组站在一起,各就各位,演奏了一些热闹的舞曲,还用大靴子打着节拍。

九点很快就要到了。亨利站在门口,双眼望向路边,内心的痛苦折磨得他颤颤巍巍。大家好几次都让他举杯,为妻子的健康和平安祝福,之后汤姆喊道:

"大家都准备好!再喝一杯,她就到家了!"

乔用托盘端来了酒,分给大家。还剩下两杯,我伸手去拿其中一杯,但乔压低了声音对我吼道:

"放下!拿另一杯。"

我照办了。亨利拿了最后一杯酒。钟声响起时,他几乎连酒都咽不下去。一直听到钟声敲完,他的脸色越来越苍白,说道:

"兄弟们,我怕得要死。帮帮我——我要躺下!"

他们把他扶到沙发上。他蜷缩起来,打起了瞌睡,但不一会儿又像梦呓一样说道:"我是听到马蹄声了吗?他们来了吗?"

一个老淘金人凑到他耳边回答:"那是吉姆·帕里什,他过来通知,他们耽搁了一会儿,但已经上路了,就要来了。她的马瘸了,但半小时后就会到家的。"

"哦,没出事儿啊,我真是谢天谢地啊!"

这些话还没说完,他就快要睡着了。这些人马上熟门熟路地帮他脱了衣服,把他抬到我洗手的那间卧室的床上。他们关上门回来,接着就是一副准备离开的样子,但我说:"请别走啊,先生们。她又不认识我,我是个陌生人。"

他们互相看了看,接着乔开了口:

"她?可怜啊,她已经死了十九年了!"

"死了?"

"不是死了的话,或许还更糟呢。结婚半年后,她回家探亲,回来的路上——就是周六晚上,在离这儿八公里的地方被印第安人抓走了,之后就再也没有消息。"

"所以他就疯了?"

"从那以后就再没清醒过。不过每年也只有这个时候才比较严重。我们就会在她要回来的前三天陆续过来,鼓励鼓励他,问他有没有她的消息。到星期六我们都会过来,用鲜花装饰好屋子,做好准备办舞会。十九年来我们每年都是这么做的。第一个周六，来了二十七个人，还不算姑娘们——现在只剩下我们三个了，姑娘们也都没影儿了。我们会给他下药，让他睡觉，不然他就会发疯。接下来的一年他都没什么问题——想着她还和他在一起，直到最后的三四天，才又会开始找她，把那封可怜的旧信拿出来，我们就会过来叫他读给我们听。老天啊，她是多么亲爱的人哪！"

一条狗的故事

一

我爸是个圣伯纳，我妈是个柯利，不过我嘛，我是"长老会教友"——这都是我妈讲的，我自己是不知道其中有什么微妙差别的，反正听着都是些好听的大词儿，没什么实际意义。我妈就好这口，她喜欢张口拽这些词儿，看别的狗露出惊讶又嫉妒的表情，好奇她怎么会这么有教养有文化。不过嘛，这哪是什么真正的教养文化呀，只不过是表面的炫耀罢了：她这些词儿啊，要么是在餐厅和会客室里听别人谈话学来的，要么是跟孩子们去主日学校，在那儿听来的。只要听到这样的大词儿,她就会自言自语地重复上好多遍,记下来,等到附近的狗儿们聚集到一起,她就开始大谈特谈。不管是小狗狗,还是大型犬,全都听得又惊讶又难为情。她之前费的那番工夫,总算是没白白付出。若是有陌生的狗儿也来听,一定会表示怀疑,等到听她讲完,自己喘过气来,便会问她这些词儿是什么意思。她总会给他解释。他本以为会把她问住,从没料到能得到回答。于是在她说出答案的时候,他脸上就会露出惭愧的神色——本来还以为会叫我妈惭愧呢。

别的狗儿总期待着出现这样的场面,看热闹看得很高兴,也很为我妈骄傲,因为他们都有经验了,清楚会出现什么局面。她把大词儿的意思解释清楚的时候,所有的狗儿都对她充满了崇拜欣赏之情,从来没有一只认真怀疑过,她是不是说对了。不过这反应也很自然,一方面,她的回答总是很迅速,像个"活字典";另一方面,他们也没地方去查证这解释到底是对还是错——这么多狗儿,也只有她一只是有教养文化的。

后来,我长大一点儿了。有一次,她记下了"才疏智浅"这个词,整整一周的时间,就在各种集会上大说特说,叫狗儿们都苦恼又泄气。就是在这一周的时间里,我注意到了,在八次不同的集会上,都有狗儿问她"才疏智浅"

究竟是什么意思,她每次都脱口而出一个全新的解释。我算是看出来了,与其说她有文化,不如说她很能沉得住气。当然啦,我是什么也没说的。

有那么一个词,她总是张口就来,像个救生圈一样随时挂在嘴边,就是那种突如其来的急浪袭来,可能把她淹没的紧急关头,可以用来救命的词——那就是"同义词"。有时候她会说出一个很长的词汇,可能数个星期前已经卖弄过了,她之前准备好的意思也已经被抛到脑后了。要是有陌生狗儿在场,当然会被她的词儿说得一愣一愣的,愣上好几分钟,清醒过来之后,她的话头已经扭转到别的方向,飘出去好远了,所以对刚才的话题没有什么防备。

所以当陌生狗儿忽然招呼她,叫她解释刚才那个词时,我(作为唯一了解她这把戏的狗)就会看到她的那鼓足劲的帆稍微松了那么一下——但也就是那么一下——接着就又鼓足了劲儿,饱含着风。她会平静得如同一池碧水,说:"是'分外之事'的同义词"。"分外之事"当然可以用任何一串儿长长的大词儿代替。说完她就把话题云淡风轻地扯开,平顺地开始别的闲扯,态度十分平静闲适,叫那陌生狗儿狼狈尴尬。而熟狗们则一齐用尾巴敲打着地板,一副心满意足的欢乐表情。

成语也是一样。遇到好听的成语,她就会整个牢记下来，说上个几天几夜的，每次都给出不同的解释——这也是没办法的事情，因为她只会记住成语本身，根本不在乎到底是什么意思。她也很清楚，反正这些狗儿们根本不够聪明，挑不了她的错。是啊，她可是条厉害狗呢！她吃得很开，什么也不怕，她对那些家伙的无知有着充分的信心。她甚至还把主人家和客人们吃完饭时谈笑风生说的有趣小故事也记下来讲，照例也是把关键的笑点转述得驴唇不对马嘴，情节对不上，也没有意义。但她只要讲到笑点处，就会倒在地上打滚，笑啊，叫啊，跟发了疯一样。不过我看得出来，她心里肯定默默在想：为什么没有第一次听到的时候那么好笑了呢？但这些都无妨，别的狗也和她一样打滚大叫，都因为没有听懂笑点而暗自羞愧，从没想过错根本就不在他们，而是这里面根本没什么笑点可言。

从这些事情你应该也看得出来，她是个虚荣又轻浮的角色。不过嘛，她也算有些优点，足以弥补这些短处了——至少我这么认为。她心地很好，举止温柔，别人伤害了她，她从不记恨，事情过去就抛在脑后，全然忘了。她也把这种善良教给自己的孩子，我们还从她身上学到了面对危险要勇敢，要敏捷。无论是朋友还是陌生狗，只要有谁遭遇了危难，我们都要面对，不要逃跑，要尽我们所能去帮助对方，不要去想自己会付出什么样的代价。而且她对我们不仅是言传，更是身教，这是最确切与最持久的最佳教育手段。啊，她有过多少英勇的举动，多少恢宏的壮举啊！她就是一个战士，又对自己的英勇表现得十分谦虚——反正，你会禁不住去崇拜她，模仿她，就算是"查尔斯国王"猎犬和她在一起，也没法一直摆出鄙夷的态度。所以啊，你瞧瞧，她除了"有文化"之外，其实也是有优点的。

二

终于，我完全成年了，于是被卖掉，带走了，再也没见过她。她心都碎了，我也是，我俩大哭一场。但她伤心之余也尽力安慰我，说我们之所以投身到这个世上，是为了一个睿智而高尚的目标，所以一定要尽我们的职责，不要抱怨，随遇而安，尽量为别人做贡献，谋福利，不要计较最终的结果，那些不是我们能控制的。她说，做到了这一点的人类，都能往生到另一个世界去，最终会得到崇高而美妙的报偿——虽然我们动物是去不了那里的，但不求报偿地做好事，做正确的事，能让我们短暂的一生过得充实而高贵，这本身就是报偿了。这些都是她跟孩子们一起去主日学校日积月累学来的道理，都记在心上，比记那些大词儿和成语都要认真。她也深入地研究思考过这些道理，为了自己，也为了我们，反正都有好处。从这一点也许可以看出，她尽管有些轻浮和虚荣，但终究算得上头脑睿智，深思熟虑。

于是我们互相告别，透过泪眼看了彼此最后一眼。她最后对我叮嘱的话——我想她是故意放在最后说的，好让我记得更真切——是："为了纪念我，当别人遇到危险时，你不要想着自己，要想想你的母亲，做她在那种情况下会做的事。"

你想想，这样的话我能忘吗？忘不了的。

三

真是太棒啦！——我的新家，房子很大，又很雅致，有很多图画和精美的装饰，很多家具陈设，完全没有昏暗萧条的地方，处处都有阳光奔涌而入，照亮了那千变万化的美妙色彩。房子周围还有大片的空地，以及一个美丽的大花园——啊，宽大的草坪，高大的树木，还有花儿，一望无垠！我就像这个家庭的一名成员，他们爱我，宠我，也没给我取新名字，还叫我原来的名字。我很喜欢这个名字，因为是我妈取的——艾琳·马福林。她是从一首歌里听到这个名字的。格雷一家也知道这首歌,说这个名字很美。

格雷太太年方三十,温柔美丽得你根本无法想象。十岁的莎蒂和妈妈简直是一个模子印出来的,是个苗条可人的"小格雷太太",褐色的马尾辫儿垂在后背上,连衣短裙穿在身上。他家还有个小宝贝,才一岁大,胖乎乎的,脸上有小酒窝。他很喜欢我,最喜欢拉我的尾巴,抱着我,笑得天真烂漫,玩个没完没了。

格雷先生三十八岁,瘦高个,英俊帅气,前额略微有些秃顶的迹象,总是很机警的样子,动作敏捷,一本正经,办事果断,雷厉风行,从不感情用事,一张脸轮廓分明,甚至透着一种冰冷而智慧的光芒。他是远近闻名的科学家。我也不知道"科学家"究竟是什么意思,要是换了我妈,一定知道怎么使用这个词,引起大家的赞叹。她肯定知道怎么用这个词叫小猎犬垂头丧气,叫哈巴狗听了后悔自己前来。

但这个词还不是最棒的,最棒的应该是"实验室"这个词。听我妈说,她简直可以用"实验室"来组织一个"托拉斯[1]",靠这个把这群狗身上的用于纳税的狗牌都摘了——就是这么厉害。"实验室"不是一本书,不是一幅画,也不

---

[1] 托拉斯:英文"Trust"的音译,指一种垄断组织。

是你去洗手的地方——大学校长的狗说了，洗手的地方叫"盥洗室"。

"实验室"是大为不同的地方，里面摆满了瓶瓶罐罐、电路电线、奇怪的机器，等等。每周其他的"科学家"都会到那里去坐下来，操作机器，互相讨论，进行他们说的什么"试验"和"发现"。我也经常会跟着去，就站在一边听他们说话，努力去学习——这都是为了我亲爱的妈妈，为了纪念她。虽然这样做我总觉得很痛苦，因为我会想到，她付出了那么多的心血，而我呢，却什么收获也没有。因为我即便竭尽全力，也完全弄不懂这些究竟是什么意思。

有时候我会躺在女主人工作室的地板上睡觉，她会把我当个脚凳，轻轻把双脚放在我身上。她知道这样会叫我开心，因为这也算一种爱抚。有时候我会在育儿室里消磨一个小时，任由孩子们把我的毛摸得乱蓬蓬的，真是太开心啦。要不就是小宝宝在睡觉，保姆要出去几分钟办点小宝宝的事情，我就守在小摇篮边帮忙看会儿孩子。我还会跟莎蒂一起在空地和花园之中赛跑嬉闹，直玩到我俩都累瘫了，就倒在树荫下的草丛中，她看书，我睡觉。有时候我去邻居的狗儿那里串串门——因为离我们不远的住家就有几条最最可爱的狗儿，还有一条特别帅气、礼貌又优雅的狗，是一只爱尔兰长卷毛猎犬，大名罗宾·亚戴尔。他也和我一样,是长老会教友,主人是位苏格兰牧师。

家里的仆人都对我很好,也都很喜爱我。你瞧瞧,我过的是多么快活的日子呀。世界上再也找不到比我更快乐、更心怀感激的狗了。我可以向自己保证,以下的话千真万确:我尽自己所能去做一条好狗,规规矩矩,不辜负我母亲的谆谆教诲,我尽力如此,好让自己配得上眼前的幸福生活。

不久我就生了小狗,这下我的狗生可谓圆满了,我的幸福已经到达了顶点。小狗走起路来摇摇摆摆,真是太可爱了;皮毛是那么顺滑柔软,像天鹅绒一般;那小爪子呀,长得好奇怪又好可爱;一双眼睛含情脉脉;那张脸是那么天真善良。孩子们和他们的妈妈特别喜欢这只小狗,总是抚摸它,无论它做了什么可爱的小事情,都会引起一阵欢快的惊呼。这些都让我自豪得很。我觉得生活真是太美好啦——

接着,冬天来了。一天,我正在育儿室里"值班",其实就是在床上睡觉。小宝宝也在床边的摇篮里熟睡着,再旁边就是壁炉。那个摇篮上面有个高高的小薄纱帐子,透明的,能从外面看到里面。保姆出去了,就剩我俩那样睡着。壁炉里的柴火迸出一点火星,落在帐子的一侧,燃起来了。我想之后应该是有那么一会儿没什么动静,接着小宝宝才大叫一声，把我惊醒了，我这才看到帐子燃着火，火苗直蹿到天花板上！我也没来得及想，就吓得跳到地上，一秒钟就快跑到门口了。但在后面的半秒，我脑海里回荡起妈妈临行前对我说的话，就又跳回床上，把头伸到火焰之中，叼着宝宝的腰带，把他拖出来，我们在一片浓烟之中滚到地上。我又换了个位置叼着他，拖着这尖叫的小东西一路出了门，转过走廊的拐角。我还是拖着他跑着，心里激动、快活又骄傲，突然听到男主人的吼声：

"滚开，你这该死的畜生！"

我赶紧跳开逃命。但他来得又快又猛，追上了我，举起手杖狠狠地打我。我左躲右闪，怕得要命。最终我的左前腿遭了一记重击，我凄厉大叫，倒在地上，有那么一会儿真是不知道该怎么办。手杖又举起来了，还要再打，但最终没能落下来，因为保姆拼命地喊起来了："育儿室着火了！"主人才朝那边冲过去了，我才算是保住了其他的骨头。

真是痛得难受啊，但这还是其次，我真是一刻也不能耽搁，他随时可能再回来。于是我用三条腿一瘸一拐地走向走廊另一端，那儿有段漆黑狭窄的楼梯，通向顶上的一个小阁楼，那里放着一些旧箱子之类的东西——我听过别人讲，很少有人会到那上面去。我勉强爬了上去，在黑暗中摸索着，碰到了一堆堆的东西，藏到了我能找到的最隐秘的地方。在这样的一个地方还感到害怕，也真是傻，但我还是害怕呀，怕得我拼命忍住，连呜咽都不敢发出一声。即便呜咽会让我舒服很多，因为能缓解剧痛。不过，我倒还可以舔舔自己的腿，这也是有好处的。

大概有半个小时，楼下都是一片混乱，各种大声叫喊，还传来急促的脚步声，接着一切又平静下来。安静了几分钟，这是有利于我恢复精神的，我的恐惧之心慢慢平复下来。恐惧比身体的疼痛要可怕——哦，可怕多了。接着又传来一声喊，让我吓得动弹不得。他们在叫我——叫我的名字——他们还在追踪我！

喊声是从远处传来的，所以不算太清晰，但这根本无法消除其中蕴含的恐怖——这真是我听过的最可怕的声音了，那喊声传遍了楼下的四面八方，各个角落：穿过一条条过道，穿过所有的房间，上下两层都传遍了，还到了地下室和地窖，又传到外面去，飘得越来越远——接着又回来，再次传遍整座房子，我还以为这喊声永远，永远不会停止。但最终还是停下了，这时候阁楼上那模糊的暮光早已经消失，被一片漆黑所笼罩。

在这一片可贵的寂静中，我的恐惧一点点地消失了，终于，心绪完全平静下来，我睡着了。我踏踏实实地休息了一番，但在曙光到来之前，我就醒了，感觉挺舒服的，终于能定下神来计划一下了。我制定了个不错的计划，那就是沿着后面的楼梯偷偷溜下楼，藏在地窖的门后面，等天亮的时候有人送冰来，趁他往里面的冰柜里装冰的时候，我就逃出去，找个地方藏上一整天，等晚上再出来。我要去——随便走到哪里都好，只要不认识我，不会把我出卖给主人就行。想着想着我几乎就开心起来了。接着，一个念头突然闯入我的脑海：哎呀，要是没有我那小狗，活着还有什么意思呢！

想到这个真是绝望啊。我明白，这下我真是无路可走了。我必须待在原地，待着，等着，听天由命——那些不是我能控制的。生活就是如此——妈妈也这么说过。接着——哎，他们又喊起来了！我又发起愁来。我告诉自己，主人永远不会原谅我。我也不知道究竟是做了什么，让他一下子那么凶，那么可怕。但我想了想，应该是狗弄不明白，但人很清楚的事情吧，反正很可怕就对了。

他们喊啊喊啊——在我听来，真是白天在喊，晚上也在喊。已经过了很久很久，我又饿又渴，都快疯啦，我也发现自己的身体越来越虚弱。虚弱的时候就会大睡特睡——我就是这样。一次我怀着可怕的恐惧惊醒过来——我仿佛听到有人就在阁楼上叫我！的确是的，是莎蒂的声音，她在

哭喊。她颤抖着语无伦次地喊出我的名字,真是可怜的孩子啊。接着她说出的话,叫我高兴得不敢相信自己的耳朵:

"回到我们身边吧——哦,求你回到我们身边,原谅我们吧——真是太伤心了,没有我们的——"

我发出一声喊叫,感激得不得了。紧接着莎蒂就猛地穿过黑暗与一堆破烂,跌跌撞撞地跑出去,喊给全家人听:"找到她啦,找到她啦!"

接下来的几天——可真是太棒啦!莎蒂和她的妈妈,还有仆人们——哎呀,他们对我简直就是崇拜呢。他们给我铺床,好像铺得再舒服也不够;给我的食物嘛,别的他们都不满意,必须要野味和稀罕的美味佳肴。每天,好友邻居们一群一群地拥进家里,听他们讲我的"英雄事迹"——反正这是他们说的,意思应该就是"农业活动"吧。

我记得有一次妈妈就在一个狗舍里拽这个词儿来着,她就是这么解释的,但又没解释什么叫"农业活动",只是说那是"墙内供热"的同义词。格雷太太和莎蒂每天都要把那个故事跟新来的人讲上十几遍,说我冒着生命危险救了宝宝,我俩身上都有烧伤的痕迹,这就是铁证。客人们就轮流抱我,爱抚我,赞扬我,莎蒂和她妈妈眼中就流露出自豪的神色。如果有人打听我腿瘸了是怎么回事,她们就一脸羞愧地换了话题。有时候人们就是缠着不放,总是通过这样那样的问题来打听，我感觉她们都快要被问哭了。

光是这些荣耀还不算，男主人的朋友们也上门来了，整整二十个人，都是地方上最有头有脸的人物。他们把我带到实验室去，围绕我展开讨论，好像我是某种"发现"。其中几个说，我这么个蠢笨的畜生，竟仍然完美地展示了他们能想到的最棒的本能。但主人热切地说："这远远高于本能啊，这是理智。很多人需要被赋予理智，才能拥有和你我一起得救的特权，去往更好的世界。但他们拥有的理智，还比不上这注定要毁灭的可怜的愚蠢的四脚兽呢"。说着他大笑起来道："哎呀，瞧瞧我啊——这对我也是个讽刺。上帝保佑，就算我智力超群，当时也只想到这狗是发了疯，要害了那孩子。结果，要不是因为这畜生聪明——我敢肯定地告诉你，就是理智！——那孩子早就完蛋了！"

他们争执不休，而争来争去的焦点都离不开我。我真希望妈妈能够知道，我竟然获得了如此大的荣誉。她会很自豪的。

接着他们就聊起什么"光学"的话题，还有如果大脑受了什么伤会不会导致失明。光凭讨论他们不能达成一致意见，说必须要后面做实验来证明。接着他们又讨论起植物，这个话题叫我很感兴趣，因为夏天的时候莎蒂和我播种了一些植物——对啦，是我帮她挖的洞——过了好多天，那个地方长出一小丛东西，还开了花，整件事情真是太神奇啦，但就那么发生了。我真希望自己能说人话呀——这样就可以跟大家讲一讲这件事，让他们瞧瞧我也懂得很多，一提起这个话题就能滔滔不绝呢。但我对光学没什么兴趣，挺无聊的，他们一再提起这个话题，把我听烦了，就睡着了。

很快，春天就到了，天天都阳光灿烂，气候宜人，舒适美好。妈妈和孩子们把我和小狗温柔地爱抚了一番，道了别，出远门走亲戚去了。男主人没空陪我们，但我和小狗一起玩得很开心，仆人们也善良友好，所以过得很快活。我天天数着日子，等着妈妈和孩子们回来。

一天，之前那些男人又来了，说该做实验了。于是他们把小狗带去了实验室，我也用三条腿一瘸一拐地跟了过去，心里很自豪，因为无论谁注意到我的小狗，都会叫我高兴。他们讨论之后进行了实验，小狗突然惨叫了一声，然后他们把他放在地上。他歪歪倒倒地到处乱转，满头都是血。男主人拍着手大喊道："瞧瞧！我赢了——你们就承认吧！他已经瞎啦，完全看不见了！"

大家都说：

"的确如此啊——你证明了你的理论，从今以后，受苦受难的人类都要好好感谢你才对。"他们围绕着男主人，充满感激地与他诚挚地握手,对他颂扬有加。

  但我对这些事情这些话都看不见也听不见,因为我立刻就跑向我的小宝贝,在他躺下的地方紧紧地与他偎依在一起,舔着他的血。宝贝把头靠在我身上,小声呜咽着。我打从心眼儿里明白,就算看不到,只要能感受到妈妈的抚摸,他也能减轻一些痛苦。不久,他就整个瘫软下去,那丝绒一样的小鼻子贴在地上,身体一动不动了,此后也再没动过。

  不一会儿,男主人暂停了讨论,摇铃唤来男仆,说:"把它埋到花园那头去。"说完就继续讨论了。我瘸着腿儿跟在男仆后面,心里感到快乐和感激,因为我知道,小狗现在已经感觉不到痛苦了,他已经睡着了。我们在花园里走了很久很久,一直来到最远的尽头。这儿有一棵高大的榆树,夏天,孩子们、保姆、小狗和我曾在树荫下玩耍嬉戏。男仆就在这里挖了个坑,我明白他这是要把小狗种下去,我很高兴,因为小狗会长出来,长成一条英俊帅气的好狗狗,就像罗宾·亚戴尔一样。等妈妈和孩子们回来的时候,看到他会很惊喜的。所以我帮着男仆挖坑,但那条瘸腿真是不中用,太僵硬啦。挖坑必须得两条腿儿使劲儿,不然就没用。男仆挖好坑,把小罗宾埋好,拍拍我的头,眼里含着泪水,说:"可怜的小狗狗啊,你可是救了他的孩子啊!"

我盯着那坑盯了整整两个星期,他都没有长出来!后面那个星期里,我心里悄然滋生出一种恐惧。我感觉这事情有点可怕,但又不知道究竟可怕在哪里。但是我怕得生起病来,吃不下东西,虽然仆人们拿给我的都是最好的食物。他们还一个劲儿地爱抚我,甚至连晚上都会来看我,哭着说:"可怜的狗狗啊——别硬撑着了,回家去吧,不要叫我们心碎啊!"这一切都让我更加害怕了,也让我确信的确是发生了什么可怕的事情。我身子弱得不行了,从昨天开始我再也站不起来了。就在这个钟头里,仆人们正望着渐渐落下去看不到的太阳,夜晚的寒气正慢慢笼罩上来。他们说的话我不太懂,但却听得心里打寒战:

"可怜的家伙啊!她们根本没有一点儿怀疑。明天早上她们就要回家了,急切地问那有着英勇事迹的小狗儿怎么样了。我们谁有这个勇气对她们说出真相呢——那可怜的小朋友已经走了,去了畜生们惨死的地方。"

马克·吐温大事年表

马克·吐温的母亲

1835 年（作家诞生）

11 月 30 日，萨缪尔·兰亨·克莱门斯（Samuel Langhorne Clemens）出生于美国密苏里州的村庄弗洛里达（Florida）。其父约翰·马歇尔·克莱门斯（John Marshall Clemens）与其母简·兰普顿（Jane Lampton）共育有七个子女，萨缪尔排行老六。他有两个哥哥和一个姐姐在幼年夭折。

> 马克·吐温在汉尼拔的童年旧居

1839 年（4 岁）

举家搬迁到密苏里的汉尼拔（Hannibal），那是密西西比河沿岸的河港城镇，成为作家后来作品中一个重要城镇的原型。在当时的密苏里州，蓄奴是合法的，这也成为作家后来创作的一个重要主题。

1847 年（12 岁）

父亲患肺炎去世。

> 时为印刷学徒的马克·吐温

1848 年（13 岁）

五年级的萨缪尔从学校肄业，去印刷厂做了学徒。

1851年（16岁）

成为排字工，也为哥哥奥利安创办的《汉尼拔报》(*Hannibal Journal*)供稿。

1852年（17岁）

5月1日，波士顿幽默周刊《毛毡旅行包》(*The Carpet Bag*)发表了萨缪尔的文学处女作，幽默小品《花花公子吓唬穷光蛋》(*The Dandy Frightening the Squatter*)。

1853（18岁）

萨缪尔离开汉尼拔，辗转于纽约、费城、圣路易斯和辛辛那提做印刷工，加入了新成立的国际印刷工会（International Typographical Union）。晚上在公共图书馆努力自学，接受了比一般学校里更广泛的知识和信息。同时也成功发表了一些文章。

1857年（22岁）

在艾奥瓦州与哥哥奥利安短暂住过一段时间之后，萨缪尔希望能去南美洲的亚马孙河沿岸寻找发家致富的机会，但他未能如愿，而是回到家乡，成为密西西比河上的舵手。这段经历让他拥有了后来的笔名马克·吐温（Mark Twain），意为"水深两英寻"，这是轮船安全航行的必要条件。

马克·吐温的哥哥奥利安

密西西比河上的"李将军"号和"那切兹"号汽船

1861年（26岁）

美国内战爆发，密西西比河沿岸交通停运，马克·吐温的船员生涯也就此终结。同年，哥哥奥利安被林肯总统委任到内华达州政府做秘书，萨缪尔受邀一同前往。当时内华达的木材业与矿业发达，萨缪尔希望能从中找到发家致富的途径，于是乘坐驿站马车穿越开放的边境，从密苏里州一路行至内华达州。虽然未能如愿发财，但在旅途中，萨缪尔初遇美国原住民部落，独特的经历为后来的短篇小说等作品提供了素材。

内华达山脉

内华达山脉

1862年（27岁）

发家梦想破灭后的萨缪尔转而以写文章为生。为内华达弗吉尼亚城《事业报》(Territorial Enterprise) 担任记者和专栏作家。

1863年（28岁）

开始用"马克·吐温"的笔名发表文章。

还没有蓄起标志性胡子的马克·吐温

1864年（29岁）

为了寻求改变，吐温前往旧金山，在那里继续为地方报纸写作。并结识了作家阿特莫斯·沃德（Artemus Ward）和布雷特·哈特（Bret Harte），在他们的鼓励与帮助下提升写作本领。

1865年（30岁）

马克·吐温迎来写作事业的第一次重大突破。短篇小说《吉姆·斯迈利和他的跳蛙》(*Jim Smiley and His Jumping Frog*，即《卡拉维拉斯县的著名跳蛙》)被全美各大报刊争相刊登，使他全国闻名。

《卡拉维拉斯县的著名跳蛙》中的安吉尔矿区客栈

1866 年（31 岁）

作为萨克拉门托《联合报》(*Union*) 的特约记者，马克·吐温前往当时还未并入美国版图的"三明治岛"（即夏威夷群岛）进行了为期数月的采访。7月回国以后，由于已经有了广泛的读者基础，他开始了第一次巡回演讲，奠定了成功舞台表演者的地位。

1867 年（32 岁）

《加利福尼亚大地报》(*The Alta California*) 雇用马克·吐温为巡回记者，他取道巴拿马运河从旧金山来到纽约，并乘坐轮船前往欧洲和中东，在游轮上结识纽约州资本家的儿子查尔斯·兰登（Charles Langdon）并看到兰登姐姐奥利维亚（Olivia Langdon）的相片，对她一见钟情。

1869 年（34 岁）

马克·吐温在游轮旅行期间写的旅行信件结集成书出版，名为《傻子出国记》(*The Innocents Abroad*)，广受读者好评。

24 岁的奥利维亚·兰登

《傻子出国记》 1884 年版

1870年（35岁）

马克·吐温与奥利维亚·兰登结婚，婚后住在水牛城（Buffalo）。其间吐温与人合伙发行日报《水牛城快报》（*The Buffalo Express*），并自己担任编辑和撰稿人。一年后报纸因赔钱过多而出让。这期间他们的长子兰登·克莱门斯（Langdon Clemens）出生了。

马克·吐温的长子兰登·克莱门斯

马克·吐温与著名战地记者乔治·A. 汤森 左一
《水牛城快报》编辑大卫·格雷 右一

1871年（36岁）

马克·吐温举家搬迁到康涅狄格州的哈特福德（Hartford）。在此之前吐温就到过这里，交过很多朋友。最初的几年他们居住在"幽静山庄"（Nook Farm），很多作家、出版人和其他重要人物也居住在此。吐温进入创作的丰收年代。

▲ "幽静山庄"　1970

1872年（37岁）

马克·吐温出版《艰苦岁月》（Roughing It），反映了他在西部新开发地区的生活经历。同年，大女儿苏西（Susy Clemens）出生，但长子兰登却因白喉夭折了。

《艰苦岁月》1872年版

马克·吐温的长女苏西　约1

形似"密西西比汽船"的豪宅　1933

与《镀金时代》舞台剧演员合影　1874

马克·吐温的次女克拉拉　约 1877

1873 年（38 岁）

吐温开始把写作重心转移到对社会问题的讽刺上。他和出版人查尔斯·华纳（Charles Warner）合著了自己的第一部长篇小说《镀金时代》(The Gilded Age)，毫不留情地攻击了美国的政治腐败、大财团以及甚嚣尘上的拜金主义。具有现实讽刺意味的是，本书出版一年后，马克·吐温位于哈特福德的豪宅建成，一共有 25 个房间，花费超过 4 万美元，在当时是一笔巨款。同年二女儿克拉拉（Clara Clemens）出生。此后的 17 年（1874—1891），马克·吐温一家一直居住在这里。他一生中最著名和最成功的著作，也是在这期间诞生的。

1875 年（40 岁）

应现实主义作家、文学评论家威廉·迪恩·豪威尔斯（William Dean Howells）之约，马克·吐温为《大西洋月刊》（The Atlantic）撰稿。早年在密西西比河上的舵手经历成了他的素材，后来这些文章结集成书，经过扩充，最终成为1883年出版的《密西西比河上》（Life on the Mississippi）。

1876 年（41 岁）

马克·吐温的长篇小说《汤姆·索亚历险记》（The Adventures of Tom Sawyer）出版，其中很多情节都反映了作者的亲身经历。该小说受到从青少年到中老年各年龄段读者的喜爱。同年他动笔写作另一部重要的小说，也是《汤姆·索亚历险记》的续集，《哈克贝利·费恩历险记》（Adventures of Huckleberry Finn）。

◂《汤姆·索亚历险记》 1876 年版

1880 年（45 岁）

《浪迹海外》（A Tramp Abroad）出版。这是马克·吐温5本旅行著作的第3部，记录了吐温在德国、瑞士和法国的经历。同年，小女儿简（Jane Clemens）出生。

◂《浪迹海外》 1880 年版

1881年（46岁）

讽刺小说《王子与贫儿》(The Prince and the Pauper)出版，以看似轻松幽默的笔调深刻地反映了英国法律的残酷与社会阶层的矛盾。

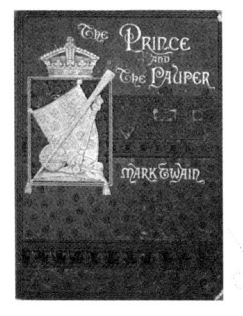

《王子与贫儿》 1881年版

1884年（49岁）

《哈克贝利·费恩历险记》出版，这应该是马克·吐温最著名的一部作品，得到了批评家的高度评价，也深受国内外读者的欢迎。同时，因为其中对奴隶制、宗教虚伪愚昧的深刻批判，也不断遭到查禁。

《哈克贝利·费恩历险记》 1884年版

1889年（54岁）

《康州美国佬在亚瑟王朝》(A Connecticut Yankee in King Arthur's Court)出版。讲述了19世纪的美国人穿越时空隧道来到6世纪圆桌骑士时代亚瑟王朝的故事。情节荒谬，行文轻快，同时又强烈讽刺了英国社会的种种弊端，并审视了当时的科技发展。

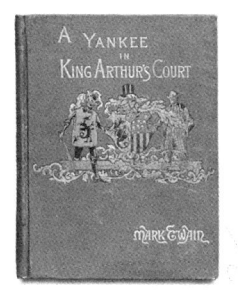

《哈克贝利·费恩历险记》 1884年版

1891年（56岁）

文学上的成功给马克·吐温带来了版税稿酬上的巨额收入。但他在新发明的投资上却是屡战屡败，最终宣告破产。为了偿还债务，在这一年，马克·吐温举家迁居欧洲。

马克·吐温与发明家尼古拉·特斯拉在实验室

1893年（58岁）

《亚当夏娃日记》(The Diaries of Adam and Eve)出版，以日记体的形式，表达了马克·吐温对人类起源与归宿，对世界认知、宗教信仰等问题的思考。

▼ 沉思的马克·吐温

1894年（59岁）

《傻瓜威尔逊》(The Tragedy of Pudd'nhead Wilson)出版。同年，马克·吐温的出版公司倒闭，他被迫拖家带口开始全球旅行写作和巡回演讲，以偿还债务。

《圣女贞德传》 1896年版

1896年（61岁）

《圣女贞德传》(*Personal Recollections of Joan of Arc*)出版，是吐温自认为最好的作品。同年大女儿苏西患脑膜炎在哈特福德去世，终年24岁。一家人此后再也没有回过哈特福德。

《华盛顿星报》于1907年刊登的一幅讽刺漫画，攻击马克·吐温的反帝国主义立场

1897年（62岁）

《赤道旅行记》(*Following the Equator*)出版。非洲布尔战争和中国的义和团运动让吐温对帝国主义的怒火与日俱增，《赤道旅行记》就讽刺并谴责了帝国主义对殖民地人民的压迫。1898年的美西战争与菲律宾战争，又燃起他对美国政府的怒火。1900年回到美国后，他宣布自己是一名反帝国主义者。从1901年到临终，他都是反帝国主义联盟（The Anti-Imperialist League）的副主席。

马克·吐温与海伦·凯勒

1898 年（63 岁）

马克·吐温还清全部债务。

1900 年（65 岁）

回到美国后的吐温继续发表了许多锋芒毕露的时政作品。创作风格也转向黑暗，开始聚焦人类的贪婪与残酷，拷问人性。代表作如中篇小说《败坏了哈德莱堡的人》（*The Man that Corrupted Hadleyburg*）等。尽管债务偿清，反政府的文章和演讲却让他受到生命威胁，不过也把他推到了文艺界领袖的位置。

1903 年（68 岁）

在纽约生活三年后，奥利维亚患病。吐温陪着妻子回到意大利。一年后（1904 年），奥利维亚离世。之后吐温回到纽约。

晚年的马克·吐温与小猫

马克吐温与好友约翰·T.刘易斯

1905年（70岁）

《夏娃日记》(Eve's Diary) 出版。书中塑造了一个愚钝木讷的亚当和一个充满好奇心的夏娃，是吐温献给亡妻的作品。

1908年（73岁）

吐温搬到康涅狄格州的"原野风暴"(Stormfield) 公寓。

"原野风暴"公寓

马克·吐温参加女儿克拉拉的婚礼

1909年（74岁）

女儿克拉拉结婚。同年，小女儿简因癫痫发作去世。

晚年的马克·吐温

晚年的马克·吐温

1910（75岁）

4月21日，吐温因狭心症不治，于康涅狄格州的"原野风暴"公寓逝世。吐温在1909年曾说过，自己是在1835年与哈雷彗星一起降生的，希望也能在1910年哈雷彗星再次接近地球时离去。而他去世的那天，刚好就是在哈雷彗星最接近地球的第二天。1916年，他的遗作《神秘来客》(*The Mysterious Stranger*)出版。除这些作品外，还有后来编著的马克·吐温短篇小说集和演讲合集等作品传世。他晚年最重要的作品当属由他口授、秘书笔录的《马克·吐温自传》(*Autobiography of Mark Twain*)，他临终时留下遗嘱说这本书在自己"死后一百年内不得出版"。在他去世一百年后，美国加州大学出版社于2010年11月正式出版了该自传的完整权威版。

晚年的马克·吐温

译者 | 何雨珈

自由译者,专栏作家。个人非虚构作品常见知名媒体和杂志平台。

译作《纸牌屋》成为热门畅销书,《鱼翅与花椒》获新浪好书榜2018年度"十大好书";个人获第四届单向街文学奖年度译者提名,2021年当选刀锋图书奖年度新锐译者。

全新译作《竞选州长》《百万英镑》,传神还原马克·吐温文学特色,成功入选"作家榜经典名著"。

主要译作

非虚构文学

2013	《再会，老北京》	[美]迈克尔·麦尔
2016	《当呼吸化为空气》	[美]保罗·卡拉尼什
2017	《东北游记》	[美]迈克尔·麦尔
2018	《鱼翅与花椒》	[英]扶霞·邓洛普
2019	《蓝夜》	[美]琼·狄迪恩
2019	《向伯利恒跋涉》	[美]琼·狄迪恩
2021	《东京绮梦》	[荷兰]伊恩·布鲁玛
2022	《寻味东西》	[英]扶霞·邓洛普

传记文学

| 2015 | 《黑色弥撒》 | [美]迪克·莱尔 / 杰拉德·奥尼尔 |
| 2018 | 《权力之路》 | [美]罗伯特·A.卡洛 |

小说

2014	《纸牌屋》	[英]迈克尔·道布斯
2015	《纸牌屋2：玩转国王》	[英]迈克尔·道布斯
2015	《巴别塔之爱》	[美]伊莲·赫西
2016	《丹麦女孩》	[美]大卫·埃贝尔舍夫
2018	《你转身之后》	[英]乔乔·莫伊斯
2018	《伯纳黛特，你要去哪》	[美]玛利亚·森普尔
2019	《生命的滋味》	[墨]莱娅·胡芙蕾莎

青少年读物

2016	《DK儿童世界认知大百科》	[英]乔·富勒满等
2017	《电车上的陌生人》	[加拿大]莎朗·E.麦凯伊
2018	《和孩子一起读的艺术史》	[英]迈克尔·伯德 著 [英]凯特·埃文斯 绘
2018	《最后的告别》	[美]玛丽莎·莫斯
2023	**《百万英镑》**	**[美]马克·吐温（作家榜经典名著）**
2023	**《竞选州长》**	**[美]马克·吐温（作家榜经典名著）**

作家榜®经典名著

★★★★★★★★★★

读经典名著，认准作家榜

作家榜，创立于2006年的知名文化品牌，致力于促进全民阅读，推广全球经典，连续13年发布作家富豪榜系列榜单，引发各大媒体关注华语作家，努力打造"中国文化界奥斯卡"。

旗下图书品牌"作家榜经典名著"系列，精选经典中的经典，凭借好译本、优品质、高颜值的精品经典图书，成为全网常年热销的国民阅读品牌，在新一代读者中享有盛誉。

经典就读作家榜
京东官方旗舰店

经典就读作家榜
天猫官方旗舰店

经典就读作家榜
当当官方旗舰店

经典就读作家榜
拼多多旗舰店

| 策　　划 | 作家榜 |
| 出　　品 | |

出 品 人	吴怀尧
总 编 辑	周公度
产品经理	徐　畅
美术编辑	董亚茹
全书绘图	［俄］Tatyana Ukleiko
封面设计	古诗铭
产品监制	陈　俊
特约印制	朱　毓

| 版权所有 | 大星文化 |
| 官方电话 | 021-60839180 |

经典就读作家榜
抖音扫码关注我

作家榜官方微博
经典好书免费送

百态人生
尽在故事会

图书在版编目（CIP）数据

百万英镑：马克·吐温中短篇小说选 /（美）马克·吐温著；何雨珈译. -- 杭州：浙江文艺出版社，2023.2（2023.3重印）
（作家榜经典名著）
ISBN 978-7-5339-7130-4

Ⅰ.①百… Ⅱ.①马…②何… Ⅲ.①中篇小说—小说集—美国—近代②短篇小说—小说集—美国—近代 Ⅳ.①I712.44

中国国家版本馆CIP数据核字（2023）第018256号

责任编辑：罗艺
文字编辑：汪心怡

作家榜®经典名著
读经典名著，认准作家榜

百万英镑
《马克·吐温中短篇小说选》

[美] 马克·吐温 著 何雨珈 译

全案策划
大星（上海）文化传媒有限公司

出版发行
浙江文艺出版社
杭州市体育场路347号 邮编 310006
浙江省新华书店集团有限公司 经销
上海盛通时代印刷有限公司 印刷

2023年2月第1版 2023年3月第2次印刷
889毫米×1194毫米 32开本 10.125印张 8插页
印数：15001—25000 字数：179千字
书号：ISBN 978-7-5339-7130-4
定价：45.00元

版权所有 侵权必究
（如有印装质量问题影响阅读，请联系021-60839180调换）